Plätzchenduft, Sternenglanz und Schneegestöber

Brigitta Rudolf

Plätzchenduft, Sternenglanz und Schneegestöber

Brigitta Rudolf

© 2024 Brigitta Rudolf
Verlag:
BoD · Books on Demand GmbH,
In de Tarpen 42, 22848 Norderstedt
Druck:
Libri Plureos GmbH,
Friedensallee 273, 22763 Hamburg

ISBN: 978-3-7693-0189-2

Inhaltsverzeichnis

Gedanken zum Weihnachtsfest - von Kater Tiger Schlafmütze

Die schöne Vorweihnachtszeit ist meiner Katzenmama immer schon lieb und teuer gewesen. Aber inzwischen nimmt der Stress überhand, finde ich jedenfalls. Vor allem in den Jahren, in denen der Heilige Abend schon am vierten Advent ist, so wie im letzten Jahr. Da kommt sie vor lauter Dingen, die sie erledigen muss gar nicht mehr zur Ruhe. Sie möchte allen gerecht werden; der Familie, den Freunden und Bekannten und natürlich nicht zuletzt auch den Lesern ihrer Bücher. Aber das allerschlimmste ist die Tatsache, dass sie auch für mich weniger Zeit findet als sonst, dabei bin ich doch sooo liebedürftig. Aus meiner Zeit als Streuner habe ich viel nachzuholen. Deshalb fühle ich mich immer am wohlsten wenn meine Leute in der Nähe sind. Und ich liebe es sehr, wenn ich auf dem Schoß meiner Katzenmama schlafen kann. Das kann ich gut aushalten – wenn es nach mir geht sogar stundenlang. Bei der vorweihnachtlichen Hektik bei uns zuhause geht es jedoch weniger um die Geschenke, die sich meine Menschen zu Weihnachten gegenseitig machen. Darum kümmert sich meine Katzenmama schon das ganze Jahr über. Wenn jemand einen Wunsch äußert, dann versucht sie, sich das zu merken und kauft vieles schon im Lauf des Jahres. Außerdem gibt es doch ohnehin kein schöneres Geschenk als die Liebe einer Katze oder?

Aber, pünktlich zum Advent müssen die Fenster geputzt werden, damit die Engelschar und alle anderen Dekorationen nicht vor schmutzigen Scheiben stehen müssen. Das ganze Haus soll zum Weihnachtsfest auf Hochglanz gebracht werden - obwohl unter uns, damit nimmt sie es inzwischen nicht mehr ganz so genau, schließlich arbeitet sie ja noch. Außerdem gehen ihre Lesungen bis kurz vor dem Fest weiter, das hält sie auch auf Trab. Das macht sie zwar gern und freut sich immer, wenn es ihr gelingt die Zuhörer durch ihre Geschichten wenigstens ein bisschen in Weihnachtsstimmung zu bringen. Wenn die Patienten über Weihnachten in einer Reha-Klinik bleiben müssen, dann gefällt den meisten das nämlich nicht besonders - ist ja verständlich. Als Hausfrau muss meine Katzenmama die Menüs für die Feiertage sorgfältig planen und dafür einkaufen, die Wäsche soll sauber im Schrank liegen, der Tannenbaum muss besorgt und geschmückt werden und und und… Es gibt unglaublich viel zu tun! Manchmal tun sie und mein Katzenpapa mir richtig leid. Natürlich nimmt auch die Weihnachtspost ganz viel Zeit in Anspruch, denn meine Katzenmama findet es doof, den Empfängern nur mit ein paar dürren Worten ein frohes Fest zu wünschen. Nein, das reicht ihr nicht! Vielen Leuten schreibt sie inzwischen Mails oder ruft sie an, aber auch das kostet Zeit. Besinnliche Weihnachten? Pustekuchen! Meistens kommen meine Menschen erst am Nachmittag des Heiligen Abend zur Ruhe. Wenn alles erledigt ist, die letzte Post unterwegs, das Essen vorbereitet ist und das Telefon stillschweigt, dann können sie sich endlich darauf freuen, dass zum Weihnachtsfest ihre Tochter mit ihrer Familie kommt. Vorher gehen sie meistens noch zur Kirche, um sich noch ein bisschen mehr Weihnachtsstimmung zu holen. Besonders schön finden meine beiden es, dass ihr Enkel Tim, der am Heiligen Abend bei dem Krippenspiel im Familiengottesdienst schon im letzten Jahr mitgewirkt hat, noch einmal dabei sein wird. Dieses Mal verkörpert er Josef, das ist eine wichtige Rolle und er hat sogar einen Solopart, den er singen muss. Wie alle Großeltern sind meine Katzeneltern sehr stolz auf Tim. Ich mag ihn ebenfalls gern, denn er ist ein netter Kerl. Zu schade, dass ich das nicht miterleben kann, aber zu Weihnachten ist es in der Kirche immer rappelvoll und dort wäre es mir sicher auch zu laut. Da bin ich zuhause besser aufgehoben! Wenn alle wieder da sind und die Lichter am Weihnachtsbaum brennen, wird der Kamin angemacht und später gibt es Geschenke. Beim Auspacken geht es noch mal lebhaft zu. Papier und Schleifenband liegen auf dem Boden, und ich verziehe mich meistens nach oben, zumindest solange bis die größte Hektik vorbei ist und wir zum gemütlichen Teil übergehen können. So ist das wohl in den meisten Familien.

Dabei ist der Sinn des Festes doch ein ganz anderer, jedenfalls, wenn ich das richtig

mitbekommen habe. Aber ich glaube, das haben die meisten Menschen inzwischen vergessen. Wenn Weihnachten wirklich das Fest der Liebe und des Friedens sein soll, dann ist es umso trauriger, dass es in großen Teilen der Welt so ganz anders aussieht. –
Aber darüber möchte ich gar nicht weiter nachdenken, denn ändern kann ich ja doch nichts daran. In diesem Sinne wünscht allen - ganz besonders natürlich den Katzenfreunden unter Euch

Fröhliche Weihnachten

Euer Tiger Schlafmütze

Pyramidenanschieben

Kennen Sie eventuell auch den Brauch des Pyramidenanschiebens? Als mein Mann und ich nach der Wende aus beruflichen Gründen in den Osten, genauer gesagt, nach Sachsen, umgesiedelt sind, war mir diese Art die Adventszeit einzuläuten zunächst völlig neu. Eine nette Nachbarin, mit der ich mich recht schnell angefreundet hatte, fragte mich am Wochenende zum ersten Advent ob ich Lust hätte, mit ihr ins Nachbardorf zu fahren, um diese Tradition kennen zu lernen. Natürlich stimmte ich sofort begeistert zu, denn die seinerzeit ursprünglich für den Hausgebrauch angefertigten weihnachtlichen Holzpyramiden aus dem Erzgebirge kannte ich natürlich. So eine drehte sich in der Vorweihnachtszeit schon lange in unserem Haus, aber die großen Nachbildungen waren mir neu. Inzwischen sind diese Riesenpyramiden fester Bestandteil etlicher Weihnachtsmärkte in Ostdeutschland. Seit einiger Zeit drehen sich aber auch einige große Pyramiden auf Weihnachtsmärkten im Westen, die meisten davon waren ein Geschenk ihrer Partnerstädte aus dem Osten.

Meine neue Nachbarin Sybille erklärte mir unterwegs, dass sogar schon um das Jahr 1930 die allererste Weihnachtspyramide dieser Größenordnung hergestellt worden sei. Ich war natürlich sehr gespannt auf das, was uns erwartete. Als wir auf den Parkplatz fuhren, sah ich schon die vier großen elektrisch beleuchteten Kerzen der hohen Pyramide leuchten. Sie drehte sich ganz langsam um ihre eigene Achse, und erst bei näherer Betrachtung erkannte ich die handwerklichen Feinheiten dieses aus Holz hergestellten Kunstwerks. Die Erbauer hatten gewiss manche Stunde liebevoller Arbeit dort hineingesteckt. Das Bauwerk bestand aus insgesamt vier Etagen. Auf der unteren Ebene waren die traditionellen Figuren der Region in verschiedenen Ausführungen angeordnet – Engel, Bergleute, Nussknacker und natürlich Räuchermännchen. Auf der zweiten Etage tummelten sich in einer verschneiten Landschaft einige Kinder, die gerade dabei waren, einen großen Schneemann zu bauen. Ein großer Hund war ebenfalls dabei. Wiederum eine Etage höher war eine Krippenszene dargestellt. Maria saß mit

14

verklärtem Blick neben der Krippe und schaute ihr Kind an. Josef stand neben den beiden und sah ebenfalls voll Stolz auf seine kleine Familie. Daneben hatten Ochs und Esel Platz gefunden. Drei Hirten mit einigen Schafen waren ebenfalls auf dem Weg zur Krippe. Ganz oben schwebte über allen ein himmlischer Engelschor. Was mich ganz besonders begeisterte, das war die Tatsache, dass alle Figuren sehr lebensecht und dennoch vollkommen unterschiedlich aussahen. Es schien, als ob sich mehrere Künstler an diesem Werk beteiligt hatten. Auf meine Frage danach erklärte Sybille mir, dass so gut wie alle Einwohner des Dorfes auf irgendeine Art und Weise daran mitgewirkt hatten, um ihre eigene und ganz besonders schöne Weihnachtspyramide herzustellen.

„Soweit ich weiß, hat es fast zwei Jahre gedauert, bis sie fertig war", erzählte Sybille weiter, während wir beide über den kleinen Weihnachtsmarkt schlenderten. Dort gab es natürlich einen Stand mit Glühwein und auch die berühmte Thüringer Bratwurst fehlte nicht. An einer anderen Ecke wurden frische Waffeln gebacken. Eine ältere Dame bot an ihrem Stand selbst gestrickte Socken und bemalte Christbaumkugeln an. Etwas abseits stand ein freundlicher Herr und zeigte seine Schnitzarbeiten. Besonders gut gefielen mir seine verschiedenen wunderschön bemalten Nussknacker und Räuchermännchen, die unaufhörlich vor sich hin pafften. Er hatte auch Weihnachtspyramiden, die etwa zwei Meter hoch und für draußen gedacht waren. Von diesen kleinen Kunstwerken konnte ich mich gar nicht losreißen. Sie hatten nur drei Etagen, waren aber ebenfalls sehr aufwändig gedrechselt und geschnitzt.

„So eine Pyramide hätte ich gern für unseren Garten", sagte ich begeistert und fragte, ob ich ein Foto machen und meinem Mann senden dürfe. Netterweise erlaubte mir der Verkäufer das, und wenige Minuten später hatte ich das o.k. meines Mannes auf dem Smartphone. Er wollte später mit unserem Kleintransporter nachkommen, denn Sybille´s Auto war nicht geeignet, so eine große Pyramide zu transportieren. Also wurde das von mir ausgesuchte gute Stück reserviert und beiseitegestellt, bis mein Mann da sein konnte. Inzwischen bummelten Sybille und ich weiter über den Marktplatz. In einer Bude wurden selbst gezogene Kerzen verkauft, die Sybille besonders gut gefielen. Dann entdeckte ich an dem Bücherstand ein altes Kinderbuch, das ich seinerzeit besessen hatte und war ganz aus dem Häuschen. Sofort erinnerte ich mich daran, dass ich dieses Bilderbuch damals heiß und innig geliebt hatte. Ich konnte einfach nicht widerstehen und kaufte es mir, obwohl es einige deutliche Gebrauchsspuren aufwies, aber schließlich wurden dort nur antiquarische Schätze angeboten. Ich freute mich jedenfalls riesig über diesen nostalgischen Fund, weil er mich für einen Augenblick in meine glückliche Kindheit zurückversetzte.

„Wie lange bleibt der Weihnachtsmarkt geöffnet?", fragte ich Sybille, als wir am Glühweinstand neben den lodernden Flammen im Feuerkorb saßen, um uns mit einem heißen Punsch aufzuwärmen.

Inzwischen war es recht kalt geworden und der im Wetterbericht angekündigte Schneefall hatte ebenfalls schon eingesetzt. Unaufhörlich tanzten die Flocken um uns herum. Es dauerte nicht lange bis alles unter einer dünnen

Schneedecke lag, wodurch der ganze Weihnachtsmarkt noch malerischer aussah. Bei dieser romantischen Kulisse konnte man einfach nicht anders als ganz schnell in festliche Weihnachtsstimmung zu kommen, fand ich.

„Der Markt findet immer nur am ersten Adventswochenende statt, aber die Pyramide bleibt bis Neujahr stehen, sonst würde sich der aufwändige Transport ja gar nicht lohnen. Die freiwillige Feuerwehr kümmert sich um den Auf- und Abbau. Den Rest des Jahres wird sie im alten Gerätehaus untergebracht", erklärte mir Sybille weiter. „Das traditionelle Anschieben findet meistens am Freitagabend statt und oft ist das ganze Dorf dabei auf den Beinen, um zu helfen. Die Buden sind dann schon aufgestellt, aber sie dürfen erst am Samstag zum Verkauf geöffnet werden. Deshalb bringen sich am Freitagabend viele Leute ihren Glühwein in Warmhaltekannen und Kekse selbst mit."

„Warst Du schon mal dabei?", fragte ich sie.

„Das habe ich mir schon oft vorgenommen, aber irgendwie hat es nie geklappt – leider. Es ist sicher ein Mordsspaß für alle Beteiligten."

„Dann sollten wir uns das für die Adventszeit im nächsten Jahr als festen Termin im Kalender eintragen", schlug ich vor.

Sybille lachte und fand, das sei eine gute Idee.

„Aber dann nehmen wir unsere Männer auch mit und losen vorher aus wer nach Hause fahren muss", setzte sie verschmitzt hinzu.

„Der Glühwein ist so lecker, davon könnte ich glatt noch mehr vertragen!"

Seit unserem ersten Besuch bei dem traditionellen Pyramidenanschieben ist dieser Brauch auch für meinen Mann und mich ein fester Bestandteil der Adventszeit geworden, und wir freuen uns jedes Jahr erneut darauf.

Das Engelchen und der Schneemann

Susi, das jüngste Engelchen im Himmel, mochte nichts lieber als durch das große Himmelsfernrohr auf die Erde hinab zu schauen. Was die Menschen so anstellten, das interessierte es sehr. Petrus hatte den kleinen Engel allerdings streng ermahnt, mit dem empfindlichen Gerät äußerst vorsichtig umzugehen. Daran hielt sich das Engelkind, und so gab es für Petrus keinen Grund zur Klage. Jetzt war Winter und es hatte tüchtig geschneit. Der kleinste Engel war ganz begeistert davon. Hier und dort erkannte man schon vereinzelt große Tannenbäume, die mit Lichtern geschmückt · waren und in der Dunkelheit hell leuchteten. Von Tag zu Tag wurden es mehr, und daran hatten Susi und alle Engel im Himmel große Freude.

„Bald ist Weihnachten. Dafür arbeiten wir, aber Du bist noch zu klein, um uns zu helfen", hatte man dem kleinen Engel erklärt.

In diesen Wochen ist immer viel zu tun, und so hatte keiner der größeren Engel viel Zeit, sich um das Engelkind zu kümmern. Stattdessen wurde es als Bote eingesetzt und lief zwischen den himmlischen Werkstätten hin und her, um Nachrichten zu überbringen. Aber es langweilte sich dennoch oft, wenn es so ganz allein durch den weiten Himmel stromerte.

Durch das große Fernrohr sah das Engelchen Susi gespannt dabei zu, wie die Kinder ihre Schlitten hervorholten und damit die Hügel erklommen, um anschließend jubelnd wieder hinunter zu sausen. Einen prächtigen Schneemann hatten die Kinder auf der Erde auch gebaut. Er trug einen bunten Schal und zum Schluss stülpte ihm ein kleines Mädchen eine rote Pudelmütze über den dicken Kopf. Die dunklen Kohlenaugen des Schneemanns schienen vor lauter Lebensfreude zu funkeln und schauten geradewegs zum Himmel hinauf, so kam es dem kleinen Engelmädchen vor. Susi wusste, dass Schneemänner leider in der Regel ein sehr kurzes Leben haben, und hatte sich schon lange so sehr gewünscht, im Himmel einen Schneemann bauen zu können. Der große Schneemann begeisterte das kleine Engelchen über alle Maßen und es wünschte sich nichts mehr, als ihn bei sich zu haben, am liebsten für immer und ewig. Aber zumindest wollte es ihn einmal besuchen. Aber wie sollte das gehen? Schließlich fasste der kleine Engel sich ein Herz und fragte einen größeren Engel: „Wie komme ich auf die Erde?"

„Was willst Du denn dort?", fragte der große Engel erstaunt.

„Ich habe da einen Freund, den möchte ich gern mal besuchen", wich das kleine Engelchen aus.

„So, so", wunderte sich der größere Engel, aber er fragte nicht weiter, sondern erklärte Susi, dass nur der Weihnachtsmann mit seinen Rentierschlitten einmal im Jahr auf die Erde kam, um den Kindern zu Weihnachten Geschenke zu bringen.

„Kann ich da nicht mitkommen?"

„Ich fürchte, das geht nicht, aber Du kannst den Weihnachtsmann ja trotzdem fragen", schlug der andere Engel vor.

Von dieser Aussicht getröstet, machte sich das kleine Engelmädchen gleich auf den Weg. Der Weihnachtsmann war sehr erstaunt über diese Bitte und wiegte den Kopf hin und her, bis er schließlich sagte: „Am Heiligen Abend habe ich immer so viel zu tun, da kann ich Dich leider nicht mit zur Erde nehmen. Aber lass mich nachdenken, vielleicht fällt mir doch noch etwas ein."

Sofort bekam das kleine Engelchen ein schlechtes Gewissen, weil es dem lieben Weihnachtsmann, der ohnehin schon so viel zu tun hatte, durch diesen Wunsch noch mehr aufbürdete. Dennoch vertraute es dem verdutzten Weihnachtsmann an; „Ich möchte den dicken Schneemann so gern besuchen oder mir selbst einen bauen. Warum gibt es bei uns im Himmel keine Schneemänner?"

„Weil wir keinen Schnee haben, den brauchen wir hier ja auch nicht", erklärte der geduldige Weihnachtsmann.

Das Engelchen trollte sich daraufhin und ging wieder zu dem großen Himmelsfernrohr, um zu schauen ob der Schneemann noch an seinem Platz stand. Natürlich war er noch da – wohin sollte er auch gegangen sein? Er erschien dem kleinen Engelkind anziehender denn je. Aber wie sollte Susi zu ihm gelangen? Schließlich fasste sie einen tollkühnen Plan. Sie hatte doch Flügel. Warum also sollte es ihr nicht gelingen, einfach zur Erde zu fliegen? Und so wartete sie einen günstigen Moment ab, in dem keiner der anderen Engel in der Nähe war, breitete ihre kleinen Flügel aus und flog zur Erde hinunter. Puh, der Weg war viel weiter als gedacht. Aber tapfer hob und senkte der kleine Engel unaufhörlich die Flügel und langsam, ganz langsam kam er seinem Ziel näher. Der Schneemann hatte bemerkt, dass sich am Himmel etwas tat und stutzte, als plötzlich ein goldlockiges Engelchen direkt neben ihm in den Schnee purzelte.

„Wer bist Du und wo kommst Du her?", fragte er.

Der kleine Engel schüttelte sich den Schnee aus den Flügeln und erklärte munter: „Ich komme aus dem Himmel. Bei uns gibt es leider keine Schneemänner. Mein Name ist Susi. Ich möchte Dich besuchen."

„Oh, das ist aber schön!", freute sich der Schneemann; dann fuhr er fort: „Weißt Du, die Kinder kommen nur noch selten zu mir. Die gehen jetzt lieber rodeln."

Inzwischen hatte man im Himmel festgestellt, das Susi, der kleinste Engel, verschwunden war. Alle waren in heller Aufregung und hatten schon überall gesucht, bis dem

Weihnachtsmann plötzlich wieder einfiel, worum Susi ihn vor einigen Tagen gebeten hatte. Das hatte er in seiner Zerstreutheit schon wieder vergessen. Schnell eilte Petrus zum Himmelsfernrohr und sah Susi neben dem Schneemann stehen.

„Da unten ist sie ja!", rief er.

Er war sehr erleichtert, aber natürlich musste der kleine Engel schleunigst wieder in den Himmel zurückgebracht werden, das stand fest.

„Übermorgen ist Heiligabend; vielleicht könnte ich die Kleine auf meiner Reise um die Erde wieder mit zurückbringen", überlegte der Weihnachtsmann.

„Und was soll sie bis dahin so allein auf der Erde? Nein, das geht nicht", wandte Frau Weihnachtsmann ein.

„Dann passe ich solange auf sie auf", schlug das Engelmädchen Philippa vor.

Sie war schon einige Male auf der Erde gewesen und begleitete den Weihnachtsmann regelmäßig am Heiligen Abend, wenn er die Geschenke zu den Kindern brachte.

„Traust Du Dir das auch wirklich zu?", vergewisserte sich Frau Weihnachtsmann.

„Aber natürlich!"

„Gut, dann ist das entschieden."

Mit diesen Worten beendete Petrus die Diskussion. „Aber ich werde jeden Eurer Schritte am Himmelsfernrohr verfolgen, damit Ihr keine Dummheiten macht", setzte er grimmig hinzu.

Schließlich kannte er den Wildfang Philippa nur zu gut. Als sie in den Himmel kam, hatte sie zunächst bei der Engelschar für mächtig viel Wirbel gesorgt, aber seitdem sie bei dem Weihnachtsmann und seiner Frau lebte, war sie recht vernünftig geworden. Wenig später machte Philippa sich auf den Weg, begleitet von vielen Ermahnungen und noch mehr guten Ratschlägen seitens der lieben Frau Weihnachtsmann. Außerdem hatte sie ein Säckchen mit Sternenstaub dabei, denn wenn Engel die Erde besuchen, können sie damit ihre Flügel unsichtbar machen.

Der Schneemann staunte sehr, als er sah, dass ein zweiter Engel zur Erde hinab schwebte. Susi, das kleinste Engelchen schaute sehr erschrocken drein, weil es befürchtete, ausgeschimpft zu werden. Aber Philippa erklärte Susi, dass der Weihnachtsmann sie beide übermorgen mit zurück in den Himmel nehmen würde und sie sich bis dahin auf der Erde aufhalten durften. Susi jubelte und klatschte vor Freude in die kleinen Händchen. Aber der Schneemann sah traurig drein.

„Dann bin ich ja wieder allein", seufzte er.

Philippa tröstete ihn und sagte: „Das werden wir sehen. Bestimmt fällt mir bis dahin etwas ein!"

„Können wir ihn nicht mit in den Himmel nehmen?", fragte Susi hoffnungsvoll.

„Ich denke nicht, da ist es doch viel zu warm für ihn, es sei denn…", überlegte Philippa.

„Ja?", fragte der kleine Engel hoffnungsvoll.

Aber mehr wollte Philippa zunächst nicht sagen. Die zwei Tage auf der Erde gingen viel zu schnell vorüber fanden die beiden Engel und der Schneemann. Er wusste viele schöne Geschichten, die er ihnen gern erzählte. Außerdem waren Philippa und Susi gemeinsam auf dem Weihnachtsmarkt gewesen. Dort hatte Susi hinter einer der geschmückten Holzbuden ein winziges Kätzchen aufgelesen. Es war pechschwarz und um das dünne Schwänzchen zog sich ein schmaler, schneeweißer Rand.

„Oh, wie süß!", jubelte das Engelkind und nahm das offenbar sehr hungrige kleine Wesen sofort auf den Arm. „Wenn wir schon den Schneemann nicht mitnehmen können, dann möchte ich wenigstens dieses Kätzchen nicht hierlassen. Du hast doch auch eine Katze, Philippa. Bitte, bitte!", bettelte Susi.

Die nette Marktfrau musste schmunzeln, als sie diese kleine Szene beobachtete. Sie hielt die beiden Mädchen für Schwestern und schenkte ihnen sogar ein Tütchen ihrer selbstgebackenen Kekse.

„Das ist ein kleiner Kater und ein Streuner", erklärte sie. „Er braucht ganz dringend ein Zuhause. Wollt Ihr ihn nicht mitnehmen?"

Philippa schluckte, das würde Ärger geben, vermutete sie. Aber als sie sah, wie glücklich Susi den kleinen Kater an sich drückte, beschloss sie den Weihnachtsmann zu überlisten. Sie erinnerte sich nur zu gut daran, wie einsam und verloren sie sich anfangs im Himmel gefühlt hatte. Ihre Katze Lillibet hatte Philippa sehr geholfen, sich dort einzugewöhnen. Sie hatte das zerzauste und halb verhungerte kleine Katzenkind seinerzeit auch am Straßenrand gefunden, als sie den Weihnachtsmann am Heiligen Abend das erste Mal auf seiner Reise zur Erde begleiten durfte. Zunächst wollte der Weihnachtsmann ihr nicht erlauben eine Katze mit in den Himmel zu bringen, aber am Ende hatte er doch nachgegeben. Also sagte sie: „Wir nehmen ihn mit, irgendwie wird es schon gehen."

Wenn Petrus seine Drohung sie im Auge zu behalten wirklich wahrgemacht hätte, dann hätte er sicher spätestens jetzt eingegriffen, meinte Philippa; aber bei all der vorweihnachtlichen Hektik fand er dazu sicher gar keine Zeit. Der kleine Engel Susi strahlte über das ganze Gesicht und versprach dem kleinen Kater im Himmel ein wunderbares, ewig währendes Leben.

„Ich glaube, ich nenne ihn Kringel, wegen dem weißen Rand an seinem Schwanz. Was meinst Du?"

„Das ist ein schöner und sehr passender Name!", fand Philippa. „Aber, wenn der Weihnachtsmann kommt, um uns abzuholen, dann versteckst Du Kringel lieber erst einmal in der Rocktasche. Das ist besser, versprichst Du mir das?"

Das kleine Engelchen nickte ernsthaft.

„Gut", sagte Philippa zufrieden.

Sie wusste, Frau Weihnachtsmann würde sich ganz bestimmt auf ihre Seite stellen, falls ihr Mann doch böse werden sollte.

Am Heiligen Abend bestaunten Philippa und Susi die geschmückte Dorfkirche. Sie hatten sich in der letzten Bank niedergelassen, als der Gottesdienst mit dem Krippenspiel begann. Das kleinste Engelkind saß ganz still und verfolgte gebannt das Geschehen.

„Ist Weihnachten auf der Erde immer so feierlich?"

„Sicher, aber zuhause feiern alle Menschen Weihnachten auf ihre ganz eigene Weise", erzählte Philippa.

Und dann war es soweit, kurz vor dem Morgengrauen des ersten Weihnachtstages, hörten sie von ferne das leise Klingen der Schlittenglöckchen. Der Weihnachtsmann kam, um sie abzuholen. Nun hieß es Abschied nehmen, aber bevor sie in den Schlitten kletterten, nahm Philippa kurz noch einmal den Weihnachtsmann zur Seite und fragte ihn: „Warst Du schon bei den Eskimos?"

„Nein, wieso fragst Du?", wunderte sich der Weihnachtsmann. „Deren Geschenke bringe ich doch immer ganz zum Schluss."

„Prima, dann können wir den Schneemann ja bei Ihnen absetzen. Susi wollte ihn gern mit in den Himmel nehmen, aber ich habe ihr erklärt, das geht nicht."

„Hm", sagte der Weihnachtsmann.

So schnell konnte er sich mit dieser Idee noch nicht anfreunden, aber am Ende ließ er sich doch dazu überreden. Also durfte der Schneemann mit im Schlitten Platz nehmen und hui ging es bis zum Nordpol. Dort begegneten sie etlichen Schneeleuten und mitten zwischen ihnen stieg der Schneemann aus, während der Weihnachtsmann durch den engen Eingang der Iglus kroch, um den Kindern ihre Geschenke zu bringen. Susi und der Schneemann waren ein wenig traurig, aber Philippa versprach ihnen, dass Susi jederzeit durch das große Himmelsfernrohr nach ihrem neuen Freund schauen dürfe. Durch den bunten Schal und die Pudelmütze stach der Schneemann aus der großen Masse deutlich heraus, sodass sie ihn gut erkennen konnte. Außerdem hatte ihm ja der Weihnachtsmann zum Abschied eine große Taschenlampe geschenkt. Das Engelchen Susi erhielt eine identische Lampe, damit konnten sich die beiden auf diese Weise Grüße schicken. Nachdem der Weihnachtsmann alle Geschenke verteilt hatte, ging es endgültig zurück in den Himmel. Susi und Philippa waren sehr müde, und auch der kleine Kater schlief immer noch tief und fest, weil Philippa ihm im letzten Moment noch eine winzige Prise Sternenstaub in die Augen geblasen hatte.

Was Petrus, der Weihnachtsmann und alle anderen Himmelsbewohner zu diesem zweiten Katzenengel im Himmel gesagt haben, das ist wieder eine andere Geschichte. Aber so viel sei an dieser Stelle schon verraten: Alle liebten den putzigen kleinen Kringel und er wurde ganz schnell der allerbeste Freund der Katze Lillibet!

Das schwarze Schaf

Meine Freundin Marlies und ich kannten uns schon eine ganze Weile aus Briefen, bevor wir uns zum ersten Mal persönlich begegneten. Sie und ihr Mann Günter sind sehr gastfreundlich und hatten mich und meinen Mann schon öfter eingeladen sie zu besuchen, aber, um ehrlich zu sein, wir scheuten den weiten Weg. In diesem Jahr gab es allerdings einen guten Grund dafür, dass wir uns doch auf die Reise in den Süden machen wollten. Marlies hatte mir schon einige Male mit großer Begeisterung von ihrer Leidenschaft für Weihnachtskrippen erzählt. Sie und ihr Mann sind katholisch, da ist die Krippe mit der Heiligen Familie zum Weihnachtsfest mindestens genauso wichtig wie für die meisten anderen Christen der geschmückte Tannenbaum. Marlies hatte mir schon einige Fotos ihrer vielen Krippen gesandt und nun brannte sie darauf, sie uns endlich einmal zeigen zu können. Also hatten wir uns dazu entschlossen, ihrer Einladung in diesem Jahr Folge zu leisten.
Marlies sammelt schon seit etlichen Jahren

Krippen, und mit diesem Hobby hat sie im Lauf der Zeit ihren Mann Günter ebenfalls angesteckt. Inzwischen verwandeln sich die Räume in ihrem Haus in der Vorweihnachtzeit immer in eine regelrechte Krippenausstellung. Dazu werden am vierten Advent sogar die Nachbarn eingeladen, um die ständig wachsenden und sich stetig verändernden Kunstwerke zu besichtigen. Während des ganzen Jahres überlegt Marlies wie und in welchen Räumen sie ihre Lieblingsstücke am besten zur Geltung bringen kann. Günter schnitzt und schreinert ebenfalls viele Stunden in seinem Hobbykeller, um die Ideen seiner kreativen Frau umzusetzen. „So sind schon viele wunderschöne Fotos für Weihnachtskarten entstanden", hatte Marlies mir geschrieben. Einige der älteren Fotos hatte ich gesehen und war neugierig geworden. Genau wie Marlies bin ich ein absoluter Weihnachtsmensch und habe viel Spaß daran, in der Adventszeit das Haus festlich zu dekorieren. Daher freute ich mich besonders auf diesen Besuch. Brieflich verstanden wir uns ausgezeichnet, aber, wenn man sich dann plötzlich Auge in Auge gegenübersteht, dann ist das doch eine ganz andere Sache. Wie sich herausstellte, war meine Unsicherheit vor dieser ersten Begegnung aber gänzlich unbegründet. Wir wurden von Marlies und Günter so herzlich empfangen, als wären wir uralte Freunde. Marlies bestand darauf, dass wir uns erst einmal gemeinsam bei Kaffee und Plätzchen stärken sollten, bevor wir uns alles anschauen durften. Das war vor allem für meinen Mann nach der langen Fahrt eine sehr willkommene Geste. So nahmen wir an der geschmackvoll gedeckten und weihnachtlich dekorierten Tafel Platz. Die Plätzchen hatte Marlies alle selbst gebacken, wie sie uns versicherte; und sie schmeckten ausgezeichnet. Ich sah auf den ersten Blick, dass es mindestens sechs verschiedene Sorten waren, die sie auf einem großen Teller arrangiert hatte. Dazu gab es Stollen, Printen und Marzipankartoffeln. Herz, was begehrst Du mehr? Vor jedem Gedeck stand ein kleiner Engel, den wir sogar mit nach Hause nehmen durften.

„Die Engel habe ich aus Salzteig gemacht", erzählte Marlies fröhlich.

Mir gefielen die Engel sehr und so bedankte

ich mich aufrichtig bei ihr für die beiden niedlichen Figuren. Dafür würde ich zuhause ganz bestimmt einen schönen Platz finden. Nachdem Marlies die Kaffeetafel aufgehoben hatte, führten sie und Günter uns durch ihr Haus. Ich muss gestehen, dass es mir beim Anblick der vielen, unglaublich schönen Dinge, die ich in dem großen Haus zu sehen bekam, fast die Sprache verschlug. So gut wie keine Ecke blieb undekoriert. Es musste Tage gedauert haben, alles aus Kisten und Kästen aus dem Keller oder vom Dachboden zu holen und aufzustellen. Voller Stolz zeigte und erklärte uns Marlies ihre Krippensammlung. Günter hatte die meisten Figuren selbst geschnitzt und auch die Unterkünfte für die Heilige Familie eigenhändig hergestellt. Da gab es große und kleinere Krippen – aber alle waren gänzlich verschieden. Wir konnten nur staunen, denn man sah sehr deutlich, wie viel Zeit, Mühe und vor allem Liebe zum Detail in diesen Kunstwerken steckte. So waren viele Dächer der Ställe mit echtem Material bemoost, das natürlich jedes Jahr erneuert werden musste, wie Günter uns berichtete. Selbstverständlich waren zu jeder Krippe

Hirten unterwegs, aber auch anderes Volk hatte sich auf den Weg dorthin gemacht. Reich gekleidete Kaufleute oder Bauern mit ihren Frauen und Kindern zum Beispiel. Viele trugen Obst oder andere Gaben bei sich und sämtliche Krippen waren in unterschiedliche Landschaften eingebettet.

„Die heiligen drei Könige kommen aber erst im Januar dazu", wurden wir von unseren Gastgebern aufgeklärt.

Mir fiel auf, dass bei den Tieren, außer Ochs und Esel im Stall, auch andere Vierbeiner die Menschen begleiteten. Hier und dort ritt ein Besucher auf einem Pferd oder einem Kamel und ein Mann hatte einen Hund dabei, der unterwegs sein Beinchen hob, um sich an einem Baum zu erleichtern. Auch fand sich in einer Krippe eine Katze, die oben im Dachgebälk saß, während ein vorwitziges kleines Mäuschen neugierig über den Rand der Krippe lugte, um sich das göttliche Kind anzusehen, dass vergnügt auf seinem Strohbettchen lag und mit den Füßen strampelte. Über einigen Krippen schwebten auch Engel mit wunderschön gezeichneten Gesichtern in festlichen Gewändern, die

Günter geschnitzt und für die Marlies ein Kleid aus Stoff genäht hatte. Eines fiel mir auf, denn das war ein Detail, was sich bei jeder Krippe fand, so unterschiedlich sie sonst auch waren, und ich fragte danach.

„Hat es einen bestimmten Grund, dass bei den vielen Schafen immer mindestens ein schwarzes Tier dabei ist?", wollte ich wissen.

„Ja, das ist Absicht. Unter uns Menschen gelten die sogenannten schwarzen Schafe ja eher als Außenseiter und sind oft sogar wenig beliebt. Tiere machen diese Unterschiede nicht. In dieser Hinsicht sind sie viel toleranter, deshalb habe ich in jeder Herde mindestens ein schwarzes Schaf mitlaufen lassen", erklärte Marlies.

Die Idee gefiel mir sehr. Wie recht sie doch hatte, meine liebenswerte, kluge Freundin. Als sie sich einen Moment später entschuldigte, weil das Telefon läutete, grinste Günter uns an und sagte: „Marlies weiß immer ganz genau wo sie welche Figuren platziert hat. Auch das Umfeld der Krippen und ihren Standort ändert sie jedes Jahr ein wenig. Passt mal auf, sie wird sicher sofort bemerken, dass ich eine Kleinigkeit geändert habe."

Er nahm aus der nächsten Krippe eines der drei schwarzen Schafe fort und stellte einen Baum an eine andere Stelle. Schon kam Marlies wieder, und wir taten natürlich so, als wären wir nach wie vor in die Betrachtung der großen Krippe versunken. Sie trat zu uns, warf ebenfalls einen Blick darauf und schoss sofort auf Günter zu.

„Wo ist das schwarze Schäfchen? Du wolltest mich sicher wieder ein bisschen aufziehen oder? Rück es sofort raus, es spielt eine wichtige Rolle. Es soll das Jesuskind wärmen, aber erst am Heiligen Abend! Und den Baum stellst Du bitte auch wieder an seinen ursprünglichen Platz."

Lachend kam Günter der Aufforderung seiner besseren Hälfte unverzüglich nach und reichte ihr das kleine schwarze Schaf. Die Figur, die er zuvor entfernt hatte, stand nicht aufrecht, sondern hatte neben zwei stehenden weißen Schafen gelegen, und Marlies demonstrierte uns, wie es aussah, wenn es stattdessen zu Füßen von Maria´s Baby lag. Ausgerechnet ein schwarzes Schäfchen sollte das Jesuskind wärmen – diese Vorstellung gefiel mir ganz besonders gut!

„Na, was habe ich Euch gesagt!", meinte Günter.

Damit war auch der letzte Rest von Verlegenheit gebrochen und wir hatten an diesem Wochenende noch sehr viel Spaß miteinander.

„Sicher werden Eure Nachbarn auch in diesem Jahr von Eurer Krippenausstellung wieder begeistert sein", sagte ich Marlies zum Abschied.

Sie lächelte und meinte: „Das hoffe ich, aber ich muss schwer aufpassen, dass Günter mir nicht wieder alles durcheinanderbringt, das tut er nur zu gern!"

Wo ist Teddy?

Claire war im letzten Sommer fünf Jahre alt geworden und solange sie sich erinnern konnte, war Teddy immer bei ihr. Er war ihr bester Freund, der sie so gut wie immer und überall begleitete. Mit Teddy konnte sie wunderbar kuscheln, wenn sie müde war. Er tröstete sie, wenn sie Kummer hatte und war der allerbeste Zuhörer der ganzen Welt! Wenn Mama keine Zeit hatte, Teddy war immer zur Stelle! Claire liebte ihren Teddy über alles und wollte ihn immer bei sich haben. Es war schon das dritte Adventswochenende und über Nacht war endlich der lang ersehnte Schnee gefallen. Claire war begeistert, als sie am Morgen erwachte und stürmte gleich ins Schlafzimmer ihrer Eltern, um ihnen davon zu berichten. Netterweise war Papa gleich nach dem Frühstück mit ihr in den Garten gegangen, und dort hatten die zwei einen Schneemann gebaut. Prächtig war der geworden, meinte Claire. Teddy fand das natürlich auch. Anschließend waren Papa und Claire mit roten Wangen ins Haus zurückgekehrt. Es hatte unentwegt weiter geschneit und Claire meinte, Teddy sei vor Kälte schon ganz steif geworden, deshalb wurde er von ihr an die Heizung gesetzt, um sich aufzuwärmen.

„Wenn Du magst, können wir später Schlitten fahren oder über den Weihnachtsmarkt bummeln", schlug Mama vor.

„Oh ja, Schlittenfahren würde ich gern", freute sich Claire. „Und meinetwegen können wir anschließend auch noch über den Weihnachtsmarkt gehen."

„Na, Du hast Dir ja viel vorgenommen", scherzte ihr Papa, aber er war einverstanden. „Ihr wisst doch, dass meine Arbeitskollegin in diesem Jahr dort einen Stand hat", erklärte er.

„Den Schlitten können wir bei ihr stehen lassen, wenn wir über den Markt laufen."

Damit war auch Mama einverstanden. Für diesen Ausflug wollte Claire ihrem Teddy den Schneeanzug ihrer Puppe Emily anziehen, damit er nicht wieder frieren sollte, aber der passte ihm leider nicht. Stattdessen hatte sie ihm einen ihrer zu kurz gewordenen Schals um den Hals geschlungen, und Mama versprach, demnächst für Teddy einen dicken Pullover zu stricken.

„Wenn genug Wolle übrig ist, dann bekommt er eine Pudelmütze dazu!", sagte sie.

Claire fand, das war eine gute Idee. Am liebsten wäre sie gleich nach dem Essen aufgebrochen, aber Mama meinte, Papa solle eine kleine Ruhepause haben. Also musste Claire sich noch solange gedulden, bis ihre Eltern ein kurzes Mittagsschläfchen gehalten hatten. Schließlich war es soweit und Claire schnappte sich Teddy, um ihn mitzunehmen.

„Soll Teddy nicht lieber hierbleiben?", schlug Mama vor.

Aber Claire schüttelte eigensinnig das Köpfchen.

„Nein, Teddy muss mit", verkündete sie in einem Ton, der keinen Zweifel daran ließ, dass sie ihren Willen durchsetzen wollte. Also setzte Claire sich auf den Schlitten, und Papa zog sie und Teddy hinter sich her. Wenig später waren sie auf dem Hügel am Waldrand angekommen. Hier herrschte schon reges Treiben. Das Schneegestöber hatte aufgehört und etliche Kinder sausten auf ihren Schlitten jauchzend den Hang hinunter. Auch Claire stiefelte etliche Male, mit Teddy im Arm, wieder den Hügel hinauf, nachdem sie hinuntergefahren war. Schließlich wurden ihre Beine doch ein wenig müde und es begann schon zu dämmern. Zudem hatte es erneut zu schneien begonnen und es wurde immer schwieriger den Schlitten in der Bahn zu halten.

„Sollen wir vielleicht den Besuch auf dem Weihnachtsmarkt lieber auf einen anderen Tag verschieben?", fragte Papa.

Aber davon wollten Mama und Claire nichts hören. Außerdem war es nicht sehr weit bis zu den weihnachtlich geschmückten Buden. Daher wurden Claire und Teddy wieder auf den Schlitten gesetzt, aber dieses Mal wurden sie von Mama gezogen. Als sie am Rand des Weihnachtsmarktes ankamen, wachte Claire, die zwischendurch kurz eingenickt war, auf. Aber oh Schreck, wo war Teddy? Der musste ihr zwischendurch unbemerkt aus dem Arm gerutscht sein. Weder Mama noch Papa hatten es bemerkt, weil sie sich miteinander unterhalten hatten. Sofort begann Claire zu weinen

„Mama hat doch gesagt, Du solltest Teddy lieber zuhause lassen", sagte Papa, ein wenig ungehalten.

Aber es half ja alles nichts, ohne Teddy würde Claire gewiss nicht einschlafen können, dass wussten ihre Eltern. Also wurde beschlossen, den Weg noch einmal zurück zu gehen, um ihn zu suchen.

„Aber den Schlitten lassen wir hier!", bestimmte Papa.

Also wurde der schnell zu dem Stand gebracht, an dem Papas Arbeitskollegin ihre leckeren selbstgekochten Marmeladen und Honigprodukte zum Kauf anbot. Die nette Frau versprach gut auf den Schlitten aufzupassen. Zu dritt gingen Claire und ihre Eltern den Weg zum Waldhügel zurück. Unterwegs schluchzte Claire unentwegt.

„Wir finden Teddy sicher", versuchte Mama sie zu beruhigen.

Claire hatte ein schlechtes Gewissen, weil sie nicht auf Mama gehört und ihren lieben Teddy dieser Gefahr ausgesetzt hatte. Was sollte nur werden, wenn er nicht auftauchte? Es schneite inzwischen wieder heftiger, und Claire hatte große Angst, dass Teddy womöglich unter der Schneedecke liegen bleiben müsste, bis wieder Tauwetter einsetzte. Und was war, wenn schon ein anderes Kind ihn gefunden und mitgenommen hatte? Tränenblind stolperte sie an der Hand ihrer Mama weiter.

Plötzlich rief Papa: „Hast Du Teddy nicht Deinen Schal umgebunden? Sieh mal, da lugt etwas Buntes aus dem Schnee hervor."

Sofort wurde Claire wieder munter. Sie ließ Mamas Hand los und rannte darauf zu, ließ sich auf die Knie fallen und schob den Schnee beiseite. Zum Glück war es wirklich Teddy, der darunter zum Vorschein kam. Wie gut, dass sie ihm ihren Schal umgebunden hatte! Freudestrahlend drückte Claire ihren geliebten Teddy ganz fest an sich. Natürlich war er völlig durchnässt und sein schöner Pelz war ein wenig schmutzig geworden, aber das war nicht schlimm, fand Mama.

„Jetzt aber nichts wie nach Hause. Den Schlitten können wir morgen abholen und der Weihnachtsmarkt ist ja auch noch eine Weile geöffnet", sagte Papa zufrieden.

Dieses Mal widersprach Claire nicht. Sie wollte jetzt nur noch mit Teddy gemütlich in der warmen Stube auf dem Sofa sitzen, Plätzchen essen und einen heißen Kakao trinken.

Ein Nussknacker reist um die Welt

Das glaubt Ihr nicht? Es ist aber wahr. Mein Name ist Wilhelm und ich bin ein echter Nussknacker, obwohl ich recht klein bin. Das Licht der Welt erblickte ich in dem weltbekannten Spielzeugdorf Seiffen im Erzgebirge. Das Ganze ist nur dadurch entstanden, dass mein Besitzer eine Reise um die Welt plante. Er wollte dabei unbedingt etwas Typisches mitnehmen, was ihn unterwegs an seine Heimat erinnern würde. Etwas ganz Besonderes sollte es sein. Nicht zu groß, denn auf so einer Reise kann man sich nicht mit allzu viel Gepäck belasten. Diese Idee besprach er mit mehreren Freunden, und einer davon hatte den Einfall, ihm einen Nussknacker zu drechseln – nämlich mich. Ich bekam den Namen Wilhelm, nach seinem Ur-Ur-Ur Großvater, denn der war einer der ersten Männer, die in Seiffen Holzspielzeug hergestellt haben. Damals arbeiteten viele Menschen im Bergbau. Zinn war zu der Zeit ein heiß begehrter Rohstoff. Aber irgendwann waren die Minen wohl ausgebeutet oder man hatte sich anders orientiert, denn viele ehemalige Bergleute verloren durch die Schließung der Zinnminen ihre Arbeit. Da war guter Rat teuer, denn sie und ihre Familien mussten doch von irgendwas leben. Dann hatte jemand die kluge Idee, sich stattdessen auf die Produktion von Holzspielzeug zu verlegen. So entstanden die ersten Engel und Bergleute. Das sind ganz typische Figuren für diese Gegend. Die findet man noch heute in vielen Familien zur Weihnachtszeit, genauso wie Räuchermännchen und natürlich auch uns Nussknacker. Die verschiedenen kleinen Engel sind bei den Leuten ebenfalls sehr beliebt. Man kann sie zu ganzen Orchestern zusammenstellen. Alle haben unterschiedliche Instrumente. Wenn ihr ganz leise seid, dann könnt Ihr zur Weihnachtszeit vielleicht sogar ihre himmlische Musik hören. Natürlich gibt es uns Nussknacker in allen Größen und Ausführungen. Die meisten sehen aus wie Soldaten in Uniform, so wie ich. Meine Jacke ist knallrot mit einigen weißen und gelben Verzierungen. Ich habe eine gelbe Hose an und auf dem Kopf trage ich eine hohe schwarze Mütze, die rundum mit einer roten

Borde geschmückt ist. Stiefel habe ich natürlich auch an, denn die gehören ebenso dazu wie der Bart. Mir hat Markus, so heißt mein Schöpfer, helle Haare und einen dunklen Schnurrbart verpasst. Damit sehe ich richtig schneidig aus. Seinem alten Freund, dem Weltenbummler, gefiel ich auf den ersten Blick und so hat er sich riesig gefreut, als er mich geschenkt bekam. Durch ihn bin ich sozusagen zum Reise-Nussknacker geworden. Ich habe ihn überall begleitet. Und er hat gut auf mich aufgepasst, das muss ich wirklich sagen. Ich sehe immer noch aus wie neu. Wir haben etliche Länder bereist und dabei viel Interessantes gesehen und erlebt. Auch Freunde haben wir in der Zeit gefunden. Einige davon sind sogar prominent. Es war eine schöne Zeit. Trotz allem waren wir beide froh, als wir zurück in der Heimat waren. Inzwischen kennen viele Leute meine Geschichte und ich gelte sozusagen als Botschafter unserer Region. In dieser Eigenschaft habe ich schon viele öffentliche Auftritte absolviert.

Aber dann kam der Knaller. Ein Astronaut wollte mich sogar mit ins Weltall nehmen.

Wie das genau zustande kam, dass weiß ich nicht und das ist für mich auch nicht wichtig. Aber eines Tages wurde ich gut verpackt und tatsächlich auf die Reise geschickt, um später mit einigen Männern in der internationalen Raumstation ISS die Erde zu umkreisen. Ein tolles Erlebnis war das, das kann ich Euch sagen. Fast ein ganzes Jahr waren wir unterwegs. Nur schade, dass mein Freund und Besitzer nicht mitkommen durfte. Der hat sich natürlich große Sorgen gemacht, dass ich womöglich beschädigt zu ihm zurückkommen würde, aber das ist zum Glück nicht geschehen. Alle haben mich sehr vorsichtig behandelt. Ich kam genauso zurück wie ich gestartet bin – ohne jeden Kratzer. Jetzt möchte ich erst mal eine Weile zuhause bleiben, mich von all den aufregenden Abenteuern ausruhen und ein besinnliches Weihnachtsfest genießen. Das habe ich doch auch verdient, oder?

Der verschwundene Stiefel

Seitdem Livia mit ihrem Freund Marc zusammengezogen war, wähnte sie sich im siebten Himmel. Sie war unglaublich verliebt in ihn. Sie beide kannten sich jetzt etwas über ein Jahr und wohnten seit einigen Wochen zusammen. Heimlich träumte Livia sogar davon, dass er ihr zu Weihnachten einen Heiratsantrag machen würde. Auf jeden Fall freuten sich beide auf ein gemeinsames Fest. Marc hatte sie kürzlich sogar gebeten ihm einen Wunschzettel zu schreiben.

„Aber ich freue mich auch über eine schöne Überraschung!", hatte sie ihm versichert.

„Trotzdem hätte ich von Dir gern ein paar Anregungen, damit Du am Heiligen Abend nicht enttäuscht bist", hatte er geantwortet.

Also hatte Livia sich hingesetzt und für ihn einige ihrer Wünsche notiert. Mit Büchern, CDs oder ihrem Lieblingsparfüm konnte man ihr immer eine Freude machen. Da sie sehr gern und viel las, war es besser, ihm einige Titel aufzuschreiben die sie interessierten. Natürlich hatte sie sich auch bemüht, ihm ein paar Wünsche zu entlocken, aber wie bei den meisten Männern, war bisher noch nicht viel dabei herausgekommen – leider. Auf jeden Fall wollte sie ihn auch zum Nikolaustag mit einer Kleinigkeit überraschen. So erzählte sie ihm einige Tage zuvor, dass es in ihrer Familie stets üblich gewesen war, dass alle Familienmitglieder am Abend vor dem sechsten Dezember ihre geputzten Stiefel neben die Haustür stellten, damit der Nikolaus sie mit Nüssen, Mandarinen und Süßigkeiten füllen konnte. Diesen Brauch aus der Kinderzeit hatten ihre Eltern für Livia und ihre Geschwister auch beibehalten nachdem sie erwachsen waren – einfach, weil alle Freude daran hatten. Livia, ihre Schwester und ihr Bruder sprachen sich untereinander ab und füllten die Stiefel ihrer Eltern ebenfalls mit kleinen Geschenken oder Süßigkeiten. Marc, der als Einzelkind aufgewachsen war, hatte eine ganz andere Kindheit erlebt. Natürlich hatte er als kleiner Junge zum Nikolaustag auch eine Kleinigkeit erhalten, aber das lag lange zurück.

„Musstet Ihr Eure Stiefel auch als Erwachsene vorher immer noch putzen?", hatte er schelmisch gefragt.

„Klar, das war ganz wichtig, sonst gab es eine Rute aus zusammengebundenen Ästen von den Bäumen aus dem Garten", versicherte ihm Livia. „Mein Bruder hat das nämlich einmal probiert."

Marc lachte herzlich über diesen Bericht und wechselte wenig später das Thema ohne weiter darauf einzugehen. Schade, dachte Livia. Sie hatte gehofft, er würde ihr vorschlagen, diese Tradition fortzusetzen.

Livia musste immer recht früh aufstehen, weil sie einen relativ weiten Weg zu ihrer Arbeitsstelle hatte. Deshalb legte sie am Vorabend immer alles bereit, was sie am nächsten Tag anziehen wollte. Sie hasste es, morgens in Hektik verfallen zu müssen. Marc konnte deutlich länger schlafen, und meistens verzichtete sie darauf ihn zu wecken. Es reichte, wenn sie am Wochenende gemeinsam frühstückten, fanden beide. Nachdem Livia am Morgen des Nikolaustages zur Arbeit aufbrechen wollte erwartete sie eine unangenehme Überraschung. Einer ihrer dicken Winterstiefel war verschwunden – einfach weg. Das konnte doch nicht wahr sein! Sein Gegenstück stand einsam und verlassen an der Garderobe im Flur. Ratlos sah Livia sich um. Hatte sie den Stiefel etwa selbst woanders hingestellt? Oder hatte ihn womöglich sogar ihre Katze, Lütte genannt, verschleppt? Das sah ihr so gar nicht ähnlich. Sie war schon ein betagtes Katzenfräulein und spielte nur noch selten. Nein, das konnte nicht sein, denn die Lütte schlief ganz fest in ihrem Körbchen. Schnell räumte Livia sämtliche anderen Schuhe zur Seite, aber der Stiefel war nicht da. Auch im Bad und in der Küche fand er sich nicht. Als sie das Wohnzimmer betrat, stutzte sie erfreut. Mitten auf dem Couchtisch lag ein großer Tannenzweig und darauf stand der vermisste Stiefel. Prall gefüllt mit Nüssen, Marzipan und Mandarinen. Daneben lag eine hübsche Weihnachtskarte.

„Der Nikolaus würde sich freuen, wenn Du heute Abend mit ihm essen gehen würdest – wohin wird nicht verraten!", las sie.

Als sie sich umdrehte, um Marc zu wecken und sich bei ihm zu bedanken, sah sie ihn in der Wohnzimmertür stehen.

„Na, ist die Überraschung gelungen?", fragte er grinsend.

„Und ob – danke lieber Nikolaus! Ich freu mich schon auf heute Abend!", bedankte Livia sich lachend bei ihm und überreichte ihm einen Kinogutschein und den mit Süßigkeiten gefüllten kleinen Jutesack, den sie für ihn zum Nikolaustag gekauft hatte.

„Prima, dann werde ich gleich mal das Kinoprogramm studieren", freute sich Marc.

„Ich finde, wir sollten die alten Traditionen aus Deinem Elternhaus übernehmen", schlug er vor, und Livia nickte glücklich.

„Oje, nun muss ich aber los, sonst verpasse ich noch den Bus", rief sie.

Jetzt freute sie sich noch mehr auf das Weihnachtsfest. Mit Marc zusammen konnte es nur schön werden!

Aufregung im Katzencafé

Immer, wenn sie ihr Café betrat, freute sich Annett, dass sie es geschafft hatte, sich diesen Traum zu erfüllen. Durch die Bekanntschaft mit Michael hatte ihr Leben eine völlig andere Wendung genommen, denn ohne seine Unterstützung hätte sie wohl nie den Mut gefunden ihr Leben so gravierend zu verändern. Und seitdem sie mit seiner Hilfe ihr kleines Café renoviert und in ein Katzencafé umgewandelt hatte, war sie besonders glücklich. Je länger sie Michael kannte, desto weniger konnte sie sich ein Leben ohne ihn vorstellen. Als er ihr einen Heiratsantrag gemacht hatte, war ihr Glück vollkommen gewesen. Pünktchen, die erste Bewohnerin des neuen Katzencafés, hatte sie zusammen mit Michael auf der Straße aufgelesen. Wenig später waren Lady Lavinia und Kater Vincent aus dem örtlichen Tierheim hinzugekommen. Calypso und ihre beiden Kitten Melly und Fee hatte sie aufgenommen, als ihre Angestellte Christine die Mutterkatze mit den beiden Kleinen in dem verlassenen Hof nebenan entdeckt hatte. Wie sich herausstellte, vertrugen sich alle Katzen bestens miteinander, daher durfte auch die kleine Familie im Katzencafé bleiben. Trotz anfänglicher Skepsis einiger Stammgäste waren die Katzen inzwischen bei allen Besuchern ihres Cafés überaus beliebt. In der Vorweihnachtszeit, gefiel Annett ihr kleines Reich ganz besonders. Ihr Vater hatte sie damals gewarnt: „Wenn Du Dich wirklich selbstständig machen willst, dann arbeitest Du selbst und ständig."

Genau das waren seine Worte. Natürlich hatte er recht behalten, aber das störte Annett nach wie vor nicht. Pünktchen hatte sich heute nicht so oft blicken lassen, aber nun kam sie herbei geschlendert und strich Annett schnurrend um die Beine. Calypso lag hoch oben auf einem der Kratzbäume und gähnte, während die kleine Fee und ihre kräftigere Schwester Melly sich unter ihr ein Wettrennen lieferten. Kater Vincent lag auf seinem Stammplatz auf der Fensterbank und schaute dem Treiben der kleinen Kätzchen belustigt zu, wie es schien. An der Eingangstür des Cafés empfing die Gäste nun ein großer Tannenkranz, der mit Ilexzweigen und roten

Beeren gebunden, mit einer dicken roten Schleife aufgehängt worden war. Alle Tische hatten Annett und ihre Angestellte Christine mit kleinen weihnachtlichen Gestecken geschmückt, und in einer Ecke stand ein weihnachtlich dekorierter Tannenbaum. Das kleine Bäumchen hatte Annett ebenfalls mit roten Schleifen und Strohsternen bestückt. Eine funkelnde Lichterkette komplettierte das Arrangement. Für ihre vierbeinigen Lieblinge hingen an einer Wand jetzt sechs große Weihnachtsstrümpfe mit den aufgestickten Namen der Katzen. Darin wurden die von den Gästen gespendeten Leckerlis gesammelt. Wie schon im Jahr zuvor, würde Annett´s älteste und beste Freundin Claudia am ersten Adventswochenende hier eine kleine Lesung veranstalten. Außer Katzengeschichten und Schmunzelkrimis verfasste Claudia auch immer wieder neue Weihnachtsgeschichten. Die Plakate für diese Veranstaltung hatte Annett bereits vor längerer Zeit aufgehängt. An diesem Abend sollten Bratäpfel, Punsch und verschiedene Plätzchen angeboten werden. Zufrieden schaute Annett sich um, bevor sie am Abend in den Ruheraum der

Katzen ging, um sie zu füttern. Eifrig fielen alle sechs über das frische Futter her. Gerade so, als hätten sie schon tagelang hungern müssen, obwohl tagsüber dort immer reichlich Trockenfutter für alle Katzen bereitstand. Offensichtlich schätzen sie das Nassfutter aber ganz besonders. Nachdem Annett, mit Christines Hilfe, die letzten Aufräumarbeiten erledigt hatte, machte sie sich auf den Heimweg.

Am nächsten Morgen erschien Annett wie immer als Erste im Café. Sie fühlte sich nicht wohl, weil sie schon seit dem gestrigen Tag zwischendurch immer wieder unter heftigen Bauchkrämpfen litt. Vermutlich war das der Grund, warum sie mit Michael, der sich darüber beklagte, weil sie auch an diesem Abend wieder mal keine Zeit für ihn hatte, so heftig aneinandergeraten war. Ein Wort gab das andere, bis Michael schließlich wütend aus ihrer Wohnung gestürmt war. Unser erster richtiger Streit, dachte Annett wehmütig. Im Grunde wusste sie, dass die Schuld daran überwiegend bei ihr lag, denn Michael war immer sehr liebevoll und sicher nur besorgt, dass sie sich übernahm. Dennoch konnte sie sich einfach nicht dazu aufraffen ihn anzurufen, um sich mit ihm zu versöhnen. Geschlafen hatte sie ebenfalls schlecht, und im Lauf des Vormittags bekam sie erneut stechende Schmerzen. Als Michael gegen Mittag anrief, um sich zu entschuldigen und nach ihrem Befinden zu erkundigen, hörte er schon an ihrer Stimme, dass es ihr nicht gut ging. Wenig später stand er ihr gegenüber und war entsetzt über ihre Blässe.

„Ich glaube, Du hast auch Temperatur", stellte er mit einem Griff an ihre Stirn fest.

Trotz der Gegenwehr von Annett bestand er darauf sofort einen Krankenwagen zu rufen. Als die Rettungssanitäter der Feuerwehr kamen, um sie in die Klinik zu bringen, leistete sie schon keinen Widerstand mehr. Der aufgeregte Michael fuhr mit seinem Privatwagen hinterher. Im Krankenhaus stellte sich schnell heraus, dass es sich bei den Koliken um eine akute Blindarmentzündung handelte. Der Arzt in der Notaufnahme schlug vor, Annett so schnell wie möglich zu operieren, und am besten sollte sie gleich dableiben.

„Aber das Café und die Weihnachtslesung…",

versuchte sie schwach zu protestieren.

„Nichts da, Christine wird das bestimmt stemmen", schnitt Michael ihr kurzerhand das Wort ab. „Außerdem weißt Du doch, wie gern Deine Mutter kommt, um auszuhelfen. Du bleibst jetzt hier, und ich hole Dir das Nötigste von zuhause."

Der nette junge Arzt nickte zufrieden und versicherte Annett tröstend: „Bestimmt wollen Sie zu Weihnachten wieder gesund sein, um mit ihren Lieben zu feiern."

Sie nickte schwach. Dann verabschiedete Michael sich von ihr und versprach, so schnell wie möglich zurück zu kommen. Zuerst fuhr er zu Christine, um ihr Bericht zu erstatten und sie zu fragen, ob sie sich in der Lage fühlte, Annett für einige Zeit zu vertreten.

„Aber klar, das wäre doch nicht das erste Mal", versprach Christine.

Claudia war ein wenig enttäuscht, als sie erfuhr, dass ihre weihnachtliche Lesung in diesem Jahr ohne ihre Freundin stattfinden musste, aber natürlich sah auch sie die Notwendigkeit ein und versprach Annett sofort anzurufen. Der Auftritt von Claudia war ein voller Erfolg; dennoch waren natürlich die Katzen, die sich von ihrer besten Seite gezeigt hatten, die eigentlichen Stars dieses Abends. Alle Gäste bedauerten, dass Annett nicht dabei sein konnte und ließen ihr gute Wünsche für eine schnelle Genesung, sowie herzliche Grüße ausrichten. Einige hatten sogar eine Kleinigkeit auch für sie mitgebracht. Annett war sehr gerührt, als Michael ihr bei seinem nächsten Besuch davon berichtete. Eine knappe Woche musste Annett im Krankenhaus bleiben, bevor sie nach Hause durfte. Aber Michael wollte unter keinen Umständen dulden, dass sie sofort wieder ihre vollen Stunden im Café aufnahm. „Du bleibst noch ein paar Tage daheim und fängst dann langsam wieder an", bläute ihr auch Christine ein, und Annett fügte sich, wenn auch widerstrebend. Allerdings ließ sie es sich nicht nehmen, zumindest einige Torten zu backen und kam jeden Tag für einige Stunden ins Café. Von Tag zu Tag ging es ihr besser, und als dann der Heilige Abend vor der Tür stand, fühlte sie sich endlich wieder ziemlich fit. Weihnachten, zusammen mit Michael und ihren Katzen – ein schöneres

Fest konnte es für Annett einfach nicht geben!

Mehr über Annett und ihr Katzencafé erfahren Sie in den Büchern:

Weihnachtsglück auf leisen Pfötchen und Zuhause im Katzencafé

Die Erbschaft

Sandra mochte es zuerst gar nicht glauben, ausgerechnet ihr hatte der etwas verschrobene Onkel Tobias seinen Trödelladen vermacht. Dabei kannte er sie so gut wie gar nicht. Wenn es hochkam, dann hatten sich in den letzten Jahren drei oder vier Mal gesehen. Er hatte überwiegend von Haushaltsauflösungen gelebt und nur die vermeintlich guten Stücke verkaufte er in seinem Laden.

„Schauen Sie sich das Geschäft doch erst mal an", riet ihr der Anwalt, der sie von dieser unerwarteten Erbschaft unterrichtet hatte. „Über dem Ladenlokal ist auch eine kleine Wohnung, die gehört selbstverständlich dazu. Ablehnen können Sie das Erbe danach ja immer noch."

Das klang logisch, fand Sandra. Deshalb hatte sie sich auf den Weg gemacht, um sich das Haus anzuschauen, in dem ihr Onkel so lange Jahre gelebt hatte. Als sie am Spätnachmittag ankam, war sie todmüde, wollte nur noch eine Kleinigkeit essen und dann ins Bett gehen. Zum Glück hatte sie mithilfe ihres Navis ihren Zielort ohne Probleme gefunden.

Kitsch und Kunst

So stand es in goldenen Lettern über der Eingangstür.

Wohl eher Kitsch, fand Sandra. Das war eindeutig ihr erster Eindruck. Sie beschloss, sich den Laden erst morgen anzusehen und ging gleich durch den Nebeneingang in die Wohnung. Zögernd sah sie sich um. Überall lagen Antiquitätenkataloge und etliche hohe Bücherstapel bedeckten den Boden. Natürlich war der Kühlschrank in der Küche gähnend leer. Entmutigt schaute sie in das Innere der Schränke. Aber auch hier fand sie außer einigen Dosensuppen und einem großen Glas löslichen Kaffee, sowie einigen Keksen nichts Essbares. Das war eben ein ganz typischer Junggesellenhaushalt. Für diesen Abend würde es genügen müssen. Sie war einfach zu müde, um noch einen Supermarkt oder ein Lokal zu suchen. Nachdem sie etwas Suppe gegessen und tatsächlich noch eine verstaubte Flasche Wein gefunden hatte, sah die Welt schon etwas besser aus. Vielleicht war dieser Nachlass sogar ein Glücksfall für sie, denn ihr Job gefiel ihr ohnehin nicht sonderlich.

Außerdem war ihre letzte Beziehung vor Kurzem in die Brüche gegangen, daher war jetzt eindeutig Zeit für einen kompletten Neubeginn. Möglicherweise erlaubte ihr der Erlös des Verkaufs von Haus und Laden sich in aller Ruhe etwas anderes zu suchen. Das würde sie morgen entscheiden, wenn sie sich alles erst einmal in aller Ruhe angeschaut hatte. Was ihr auf jeden Fall gefiel, das war das breite, verschnörkelte Eisenbett, in dem ihr Onkel genächtigt hatte. Sie suchte frische Bettwäsche, bezog es neu und kurz danach fiel sie in einen unruhigen Schlaf. Früh am Morgen erwachte sie, und stand auf, um sich zunächst einen Kaffee zu kochen, der ihre Lebensgeister wecken sollte. Nachdem sie sich damit gestärkt hatte, sah sie sich die Räume der ehemaligen Wohnung ihres Onkels genauer an. Sie waren gut geschnitten und auch recht hell. Allerdings gefiel ihr von der Einrichtung nichts, außer dem Bett und einem kleinen Sekretär, der im Wohnzimmer stand. Als es an der Haustür läutete, fuhr sie erschreckt zusammen. Es wusste doch niemand, dass sie hier war, aber dann fiel ihr ein, dass es die Ladenglocke gewesen sein könnte, die sie gehört hatte. Daher ging sie nach unten und sah, dass tatsächlich jemand vor der Tür stand. Eine ältere Dame, die sofort zur Sache kam, als sie Sandra erblickte.

„Sie müssen Sandra sein", sagte sie, indem sie sich energisch an ihr vorbei in den Laden schob. „Mein Name ist Vilma, ich war die Aushilfe ihres Onkels. Sie werden den Laden doch weiterführen oder?"

Völlig überrumpelt trat Sandra einen Schritt zurück und antwortete: „Ich bin gestern erst angekommen. Das habe ich noch nicht entschieden."

„Das sollten Sie aber. Die meisten Leute im Ort haben ihren Onkel sehr geschätzt, weil sie wussten, wenn sie ein ausgefallenes Geschenk für wenig Geld suchten, dann waren sie hier genau richtig. Wir haben natürlich auch einige wertvollere Sachen im Geschäft."

„Tatsächlich?", zweifelte Sandra.

„Aber ja, gerade die Sachen, die auf den ersten Blick unscheinbar aussehen, entpuppen sich oft als wertvoll, glauben sie mir. So war es übrigens auch mit ihrem Onkel. Ich habe ihn sehr gemocht! Was ist mit Emmi? Ich habe sie nach dem Tode Ihres Onkels erst mal

zu mir genommen, aber ich hoffe, dass Sie
sich ab jetzt um sie kümmern werden."

„Wer ist Emmi?", fragte Sandra unsicher.

„Emmi ist sozusagen die Seele des Ladens.
Manche Besucher kommen in erster Linie
ihretwegen. Sie ist eine Siamesin, bildhübsch
und sehr verschmust. Allerdings ist sie recht
wählerisch, wen sie zu ihren Freunden zählt."

„Heißt das, ich muss mir ihre Freundschaft
erst verdienen?" antwortete Sandra ironisch.
„Was ist, wenn er mich ablehnt?"

„Nun, in dem Fall würde ich sie behalten. Wir
sind seit Langem beste Freundinnen. Aber ich
würde ihr und Ihnen wirklich wünschen, dass
Sie zueinander finden. Emmi ist großartig,
glauben Sie mir. Und nun zeige ich Ihnen
alles im Laden, einverstanden?"

Sandra nickte beklommen. Diese Erbschaft
war eindeutig komplizierter als sie es sich
vorgestellt hatte. Nachdem Vilma ihr das
Wichtigste gezeigt hatte, zog sie sich zurück
und überließ Sandra ihren Gedanken.

„Die Bücher können wir später durchgehen"
hatte Vilma noch gesagt, bevor sie sich
verabschiedete. „Morgen bringe ich Emmi

mit. Bitte melden Sie sich, wenn Sie bis dahin noch Fragen haben", schlug sie vor.

Um sich wirklich entscheiden zu können, was sie mit ihrem Erbe anfangen sollte, musste Sandra sich zuerst die Geschäftsbücher ihres verstorbenen Onkels anschauen, das wollte sie lieber in aller Ruhe und unvoreingenommen tun. Deshalb setzte sie sich an den altmodischen Schreibtisch und holte einige Ordner hervor. Schnell war klar, dass der Laden zwar keine Goldgrube war, sich aber durchaus gelohnt hatte. So entschloss sie sich, den Laden bis zum Jahresende erst einmal fortzuführen, um erst dann endgültig zu entscheiden, wie es weitergehen sollte. Sie ging noch einmal durch die Verkaufsräume und nahm einige Kleinigkeiten mit in die Wohnung, die sie als Erinnerungsstücke behalten wollte.

Am nächsten Morgen kam Vilma zurück. In ihrer Hand hielt sie eine Katzentransportbox. Vorsichtig stellte sie die auf den Boden und öffnete die Tür. Erstaunt sah Sandra in zwei groß aufgerissene blaue Katzenaugen, die sie aufmerksam fixierten.

Die resolute Vilma verlor keine Zeit, sondern übernahm gleich die offizielle Vorstellung: „Das ist Emmi, ist sie nicht bildschön?", sagte sie mit unüberhörbarem Stolz in der Stimme. „Emmi, das ist Sandra", fuhr sie fort.

Sandra schmunzelte innerlich, aber sie mochte Vilma nicht vor den Kopf stoßen, indem sie sich ihre Belustigung anmerken ließ. Emmi schien sie interessiert zu mustern, ehe sie sich dazu herabließ, die Box zu verlassen. Dann setzte sie sich langsam in Bewegung, beschnupperte Sandra ganz kurz, schritt anschließend erhobenen Hauptes durch den Laden und sprang auf einen abgewetzten Lehnstuhl, der neben der Registrierkasse stand.

„Das ist ihr Stammplatz", wurde Sandra von Vilma aufgeklärt.

Emmi begann gleich damit sich zu putzen und beobachte dabei das weitere Geschehen. Wenig später sprang sie allerdings wieder auf die Erde, um sich in das kleine Büro hinter dem Verkaufsraum zurückzuziehen. Die Unruhe, die die beiden Frauen verbreiteten, schien ihr ganz und gar nicht zu behagen.

Vilma erkundigte sich bei Sandra: „Haben Sie schon mal darüber nachgedacht, wie es weitergehen soll?"

„Ja, das habe ich", antwortete Sandra und erzählte ihr, was sie vorhatte. „Ich würde Sie bitten, mich weiterhin zu unterstützen, zumindest solange bis ich genug Einblick in alles haben werde."

„Gerne", nickte Vilma, als hätte sie es nicht anders erwartet. „Sollen wir nun die Bücher durchgehen?"

„Nein, danke, die habe ich mir schon gestern angesehen. Aber ich würde gern hier im Laden einiges umräumen. Vor allem das Schaufenster möchte ich umgestalten", bat Sandra.

Wie es schien, hatte ihr Onkel nicht viel Wert auf eine ansprechende Schaufensterdekoration gelegt. Also wurde erst einmal alles aus der Auslage genommen und beiseitegestellt. Anschließend wuchteten die beiden Frauen gemeinsam den alten Lehnstuhl in das gesäuberte Fenster und stellten ein zierliches Biedermeiertischchen dazu. Darauf platzierte Sandra eine Leuchte und legte ein dickes Buch aufgeschlagen daneben.

„Es ist doch Mitte November, ich finde, wir könnten das Fenster durchaus weihnachtlich dekorieren oder was meinst Du Vilma?"

Die beiden Frauen hatten sich schnell darauf geeinigt, sich zu duzen.

„Das wollte ich Dir auch vorschlagen. Warte einen Moment, es findet sich bestimmt irgendwo alter Christbaumschmuck und Tannengrün können wir gleich im Garten schneiden."

Wenig später kam sie mit einem Karton zurück, in dem etliche hauchdünne, zart bemalte Glaskugeln lagen. Sandra hatte inzwischen eine große Bodenvase gefunden, die neben dem Tischchen Platz fand. Gemeinsam holten die beiden Frauen von draußen Tannenzweige und behängten sie mit dem Weihnachtsschmuck.

„So gefällt es mir schon sehr gut!", lobte Vilma das Arrangement.

„Ich denke, wir sollten das Schaufenster in ein gemütliches Weihnachtszimmer verwandeln", schlug Sandra vor.

Die Idee gefiel Vilma ebenfalls, und so suchten sie gemeinsam mehrere Kartons in verschiedenen Größen, die sie zum großen

Teil weihnachtlich verpackten und stellten dazwischen einige ausgesuchte Stücke zum Verkauf. Am Schluss sah es so aus, als wäre eine Familie beim Auspacken der Geschenke gestört worden und nur kurz aus dem Raum gegangen. Zufrieden sah Vilma ihre neue Arbeitgeberin an.

„Wenn das kein Erfolg wird, dann weiß ich es nicht", meinte sie und schlug vor, eine kurze Pause zu machen, bevor sie darangingen, den ganzen Laden komplett umzukrempeln. Irgendwann tauchte auch Emmi wieder auf, um nach dem Rechten zu sehen. Suchend schaute sie sich um.

„Ich glaube, sie vermisst Ihren Sessel", folgerte Vilma und nahm die Katze auf den Arm, um sie im Schaufenster erneut auf ihren Stammplatz zu setzen. Sichtlich irritiert sah Emmi sich um, rollte sich aber einen Augenblick später zusammen, um ein kleines Schläfchen zu machen.

Vilma hatte recht, es gab vieles, was sich gut verkaufen lassen würde, fand Sandra. Aber einiges, was ihr Onkel für gut befunden hatte, sortierte sie dennoch aus, um es zu entsorgen. Nach zwei Tagen harter Arbeit, unter den wachsamen Augen von Emmi, war es endlich soweit: Sandra konnte das altmodische Schild – Geöffnet – erneut an der Ladentür aufhängen. Es dauerte nicht lange, und die ersten Kunden kamen, um sich bei ihr umzuschauen. Viele kannte Vilma und stellte sie Sandra vor. Natürlich war klar, dass etliche Kunden vor allem aus Neugier gekommen waren, aber kaum jemand ging, ohne eine Kleinigkeit mitgenommen zu haben. Nach und nach kamen auch Leute, um Dinge zum Kauf anzubieten. Einiges musste Sandra ablehnen, aber die Engelsfiguren einer sehr bekannten Porzellanmarke, die eine gebrechliche alte Dame ihr zeigte, erwarb sie ohne Zögern.

„Ich werde mein Haus verkaufen und in eine kleine Wohnung ziehen, da muss ich mich leider von vielem trennen", erklärte die Kundin. „Aber, ich bin sicher, bei Ihnen sind meine Engel in guten Händen. Sie finden bestimmt Menschen, die sie zu schätzen wissen!"

Sie tat Sandra aufrichtig leid, deshalb versicherte sie ihr, dass sie ihre kostbaren

Engel wirklich nur an sympathsiche Leute verkaufen würde.

„Ich werde sie gleich ins Schaufenster stellen, sie passen gut zu unserer weihnachtlichen Dekoration", schlug sie vor, und die alte Dame nickte erfreut.

„Meinen Lieblingsengel habe ich behalten, das war ein Geschenk meines verstorbenen Mannes", vertraute sie Sandra an, bevor sie sich mit einem letzten bedauernden Blick von ihr verabschiedete.

„Ich wünsche Ihnen alles Gute", rief Sandra ihr nach.

Vilma kam nach wie vor jeden Morgen und brachte Emmi mit, die sie nach Ladenschluss wieder mitnahm. Nach knapp zwei Wochen fragte sie Sandra, ob sie Emmi dalassen könne.

„Ich glaube, sie hat Dich jetzt akzeptiert", meinte sie, als sie sah, dass Emmi Sandra immer öfter schnurrend begrüßte und sich offenbar gern von ihr streicheln ließ. Sandra war sich ihrer Sache zwar noch nicht ganz sicher, aber auch sie mochte die ruhige, hübsche Katze inzwischen sehr. Einige Tage später lag Emmi wieder auf ihrem Platz im Sessel, als Sandra sah, dass ein kleiner Junge vor dem Schaufenster stand und sich die Nase an der Scheibe plattdrückte. Eine Weile sah sie ihm dabei zu, bevor sie aufstand, um ihn nach seinem Namen zu fragen. An dem Nachmittag war sie allein im Geschäft. Nachdem Vilma sie ein wenig eingearbeitet hatte, kam sie nur noch jeden zweiten Tag, um Sandra zu unterstützen. Der Junge fuhr ertappt zusammen, als Sandra ihn ansprach.

„Ich heiße Max", antwortete er zögernd.

„Hallo Max, ich bin Sandra. Und meine Katze heißt Emmi."

„Ich weiß, Emmi kenne ich. Kann man die Engel auch kaufen?", fragte Max schüchtern und fuhr fort: „Bestimmt sind sie teuer oder?"

„Das kommt darauf an. Welchen möchtest Du denn haben?", fragte Sandra erstaunt.

„Den Engel mit dem blauen Kleidchen würde ich gern meinem Papa schenken. Er sieht ein bisschen aus, wie Mama. Sie hatte einen Autounfall und ist gestorben", erzählte Max.

Dabei wischte er verlegen eine Träne fort, die ihm über die Wange rollte. Ausgerechnet den teuersten hat er sich ausgesucht, dachte

Sandra. Der Kleine hatte offensichtlich einen Blick für schöne Dinge.

„Oh, das mit Deiner Mama tut mir wirklich sehr leid. Du hast recht, der Engel ist recht alt und wertvoll. Wie viel Geld kannst Du denn für ein Weihnachtsgeschenk für Deinen Papa ausgeben?"

„Weiß nicht, aber ich kann mein Sparschwein mitbringen", schlug Max eifrig vor.

Sandra hatte nicht das Herz ihm zu erklären, dass dessen Inhalt vermutlich nicht annähernd ausreichen würde, um den antiken Engel zu bezahlen. Dennoch sagte sie: „Weißt Du was, dann komm doch einfach mal mit Deinem Sparschwein vorbei, und dann sehen wir weiter. Ist das in Ordnung für Dich? Solange stelle ich den Engel an die Seite, damit ihn Dir niemand vor der Nase wegschnappen kann."

„Danke, ich komme gleich morgen wieder", versprach Max.

Wie angekündigt, stand er am nächsten Tag vor der Tür und präsentierte Sandra stolz ein dickes, rotes Sparschwein. Zum Glück konnte man es unter dem Bauch mithilfe eines Schlosses öffnen, denn Sandra hätte es nie und nimmer übers Herz gebracht, es zu zerschlagen. Wie erwartet, enthielt das Schweinchen zwar etliche Münzen, aber es war nicht annähernd genug, um den Engel bezahlen zu können. Aber Sandra wollte den kleinen Jungen keinesfalls enttäuschen, deshalb nahm sie einen Teil des Geldes, ließ aber etwas Kleingeld zurück, damit Max sein Sparschwein nicht ganz leer wieder mit nach Hause nehmen musste.

„Kannst Du mein Geschenk bis Weihnachten bei Dir aufheben, zuhause weiß ich nicht, wo ich es verstecken kann", bat Max.

Das versprach Sandra ihm gern. Außerdem bot sie ihm an, den Engel weihnachtlich zu verpacken. Daraufhin strahlte Max und nahm Sandra spontan kurz in den Arm

„Prima, vielen Dank", jubelte er und setzte hinzu: „Dann komme ich am Heiligabend und hole den Engel ab. Papa wird sich bestimmt riesig freuen!"

Er streichelte Emmi schnell noch einmal über ihr seidenweiches Fell und verschwand. Sandra musste schlucken. Das Schicksal von Max ging ihr wirklich nahe, und sie wusste, sie hatte sich richtig entschieden. Als sie später Vilma davon erzählte, stimmte die ihr vorbehaltlos zu.

„Ich kenne Max und seine Eltern. Das war so eine nette junge Familie. Es war schlimm für Jochen und Max, als Maike damals verunglückte. Seitdem kümmert sich Jochen allein um seinen Sohn."

Die Tage bis Weihnachten vergingen wie im Flug, und Sandra ertappte sich immer öfter dabei, dass sie an Max und seinen Vater dachte. Sie hatte sich längst entschlossen, das Geschäft ihres Onkels weiter zu führen, denn es lief gut, und der Umgang mit Menschen gefiel ihr. Die kleine Wohnung über dem Laden hatte sie inzwischen auch ihren eigenen Bedürfnissen entsprechend nett eingerichtet. Außerdem verstand sie sich ausgezeichnet mit Vilma, die ihr nach wie vor eine große Stütze war. Am Heiligabend erschien Max, um das Geschenk für seinen Vater abzuholen.

„Dein Papa wird sich bestimmt sehr freuen, grüß ihn bitte von uns", gab Vilma ihm mit auf den Weg.

Max bedankte sich artig, bevor er eilig verschwand.

„Frohe Weihnachten", rief Sandra ihm nach.

Sie hätte zu gern gewusst, was der Vater von Max zu dem Geschenk seines Sohnes sagen würde…

Engel bringen Glück

Jochen Randers seufzte. Es war nun schon das dritte Weihnachtsfest ohne seine Frau Maike. Ein anderer Autofahrer hatte ihr die Vorfahrt genommen. Bei dem Unfall war sie tödlich verletzt worden, und hatte ihn mit ihrem gemeinsamen Sohn Max zurückgelassen. Manchmal konnte Jochen es noch immer nicht glauben. Max war ein tapferer kleiner Kerl, aber natürlich vermisste er seine Mama noch immer sehr. Jochen bemühte sich nach Kräften, seinem kleinen Sohn, so gut er nur konnte, auch die Mutter zu ersetzen. Er war mit ihm schon einige Male auf dem Weihnachtsmarkt gewesen und natürlich hatte er mit Max auch einen Wunschzettel gebastelt, genau wie Maike das immer getan hatte. Vor einigen Tagen waren sie beide gemeinsam losgezogen, um sich einen Tannenbaum zu kaufen.

„Mama wollte immer einen Weihnachtsbaum, der ein bisschen struppig aussieht, weißt Du noch?", hatte Max ihn gefragt.

„Klar weiß ich das noch, was denkst Du denn?"

In der Baumschule hatten sie sich etliche Tannen angesehen, bis Max sich schließlich für ein Bäumchen entschied.

„Ich glaube, der würde Mama gefallen", meinte er und Jochen nickte. Der Kauf des Weihnachtsbaumes war Maike tatsächlich immer sehr wichtig gewesen – wie alles an dem Fest. Sie liebte Weihnachten über alles, schätzte die familiären Traditionen und begann schon Mitte November damit, das Haus festlich zu dekorieren. Bei dem Gedanken daran, wurde Jochen das Herz schwer. Er vermisste seine Frau so sehr, aber er musste stark sein - schon für Max. Auch das hätte Maike sicher gewollt, wenn es ihr schon nicht vergönnt war, ihren kleinen Sohn aufwachsen zu sehen. Den Tannenbaum hatte Jochen gestern ins Wohnzimmer gebracht und ihn, gemeinsam mit Max, geschmückt. Auch zu dem Familiengottesdienst mit dem Krippenspiel wollte er mit Max gehen, obwohl er sich, gerade an diesem Tag, am liebsten ganz allein irgendwo verkrochen hätte. Vor allem das Krippenspiel hatte Maike in jedem Jahr ganz besonders entzückt, das wusste Jochen. Daher sollte möglichst alles ablaufen wie immer. Nicht zum ersten Mal bedauerte Jochen, dass weder er noch Maike Verwandte hatten, die in der Nähe lebten. Eine liebevolle Oma oder ein Opa hätte Max eventuell helfen können mit dem Verlust seiner Mutter besser fertig zu werden, aber es gab nur sie beide. Diese und andere Gedanken gingen ihm durch den Kopf, als er mit Max aufbrach, um zur Kirche zu gehen. Auch der Kleine schien in sich gekehrt und so sprachen sie unterwegs nur wenig miteinander. Der Gottesdienst rauschte nur so an Jochen vorbei, und als die Glocken läuteten und die beiden die Kirche verließen, bat Max: „Können wir Mama auch frohe Weihnachten wünschen?"

„Natürlich!", willigte Jochen ein.

Als sie vor dem Grab von Maike standen, konnten beide ihre Tränen nicht zurückhalten.

„Mama ist immer bei uns, auch wenn wir sie nicht mehr sehen können", versuchte Jochen seinen Sohn zu trösten.

Max schniefte. Dann wandte er sich ab und griff nach der Hand seines Vaters.

„Wollen wir jetzt nach Hause gehen?", fragte Jochen.

„Ja."

Mehr war Max in dem Moment nicht zu entlocken. Daheim verschwand Max gleich in seinem Zimmer und kam mit einem hübsch verpackten Geschenk wieder zum Vorschein. Im Schein der brennenden Kerzen am Weihnachtsbaum überreichte er es Jochen. Der sah auf den ersten Blick, dass sein Sohn das nicht selbst verpackt hatte. Allein die Schleife war sehr kunstvoll gebunden, das konnte keinesfalls das Werk eines Kindes sein.

„Fröhliche Weihnachten, Papa!", wünschte Max, als er ihm sein Geschenk überreichte.

Erwartungsvoll und mit glänzenden Augen sah er dabei zu, wie Jochen sein Geschenk auspackte. Als er den Engel in den Händen hielt, fiel es Jochen schwer seine Tränen der Rührung zu unterdrücken, denn auch er sah auf den ersten Blick, dass die Figur eine gewisse Ähnlichkeit mit Maike hatte. Der Engel schien alt und sehr teuer zu sein. Wo hatte Max den nur herbekommen? So viel Geld hatte er ganz sicher nicht.

„Max", begann er vorsichtig, „woher hast Du den Engel?"

„Gekauft", kam es prompt.

„Wirklich?"

„Klar, bei der Frau in dem Trödelladen, Du kannst sie ja fragen, wenn Du mir nicht glaubst. Die ist richtig nett und hat mir den Engel sogar für Dich eingepackt", verriet Max. „Freust Du Dich nicht?"

„Doch, doch", versicherte Jochen schnell, als er sah, wie sich die zuvor erwartungsvolle Miene von Max jäh verfinsterte. „Der Engel ist sehr schön, aber nun solltest Du auch nach Deinen Geschenken schauen!"

Zum Glück war Max noch kindlich genug, um sich auf diese Weise ablenken zu lassen. Auch freute es ihn, als Jochen sich bereit erklärte, die neue Autorennbahn gleich aufzubauen und mit Max zusammen damit zu spielen. Später am Abend, als die beiden gemeinsam eine weihnachtliche Sendung im Fernsehen anschauten, kam Jochen noch einmal auf das heikle Thema zurück.

„Wie bist Du nur darauf gekommen, da nach einem Geschenk für mich zu suchen?"

„Als Tobias noch den Laden hatte, durfte ich öfter seine Katze streicheln, die heißt Emmi. Deshalb bin ich hingegangen, dabei habe ich den Engel im Schaufenster gesehen. Ich finde, er sieht Mama ähnlich."

„Da hast Du recht, das habe ich auch sofort gesehen. Ich denke, es ist das Beste, wir gehen gemeinsam noch einmal dorthin. Dann kannst Du Dich um Emmi kümmern, und ich spreche ein paar Worte mit der neuen Besitzerin", schlug Jochen vor.

Damit war Max sofort einverstanden. Sandra staunte, als Vater und Sohn einige Tage später gemeinsam den Laden betraten

„Hallo Max, wie schön, dass Du mich besuchst", empfing Sandra sie.

„Das ist mein Papa."

„Guten Tag", begrüßte Sandra auch den hochgewachsenen, dunkelhaarigen Mann, dem Max wie aus dem Gesicht geschnitten zu sein schien.

„Magst Du mal nach Emmi schauen?", wurde er von seinem Vater gefragt.

„Darf ich?"

„Na klar, dazu musst Du allerdings zu ihr ins Schaufenster klettern. Sie liegt mal wieder auf ihrem Platz im Sessel", erklärte Sandra, der nicht entgangen war, dass der Vater von Max mit ihr allein sprechen wollte.

„Aber sei vorsichtig, mach nichts kaputt", wurde Max ermahnt, der fröhlich losstürmte.

„Gefällt Ihnen der Engel nicht?", fragte Sandra leise.

„Nein, ganz im Gegenteil. Aber ich vermute, Sie haben Max nicht den vollen Preis dafür abgenommen. Ich würde die Differenz gern bezahlen."

„Das kommt nicht infrage", wehrte Sandra ab. „Bei Geschenken fragt man nicht nach dem Preis. Das ist eine Sache zwischen Max und mir und längst erledigt."

Zweifelnd sah Jochen sie an. „Aber…"

„Kein aber und damit Schluss!"

„Nun, dann muss ich mir etwas anderes einfallen lassen. Darf ich Sie zum Dank vielleicht einmal zum Essen einladen?"

Jochen fand die neue Inhaberin des Trödelladens sehr anziehend. Wie es aussah, hatte sie das Herz von Max ohnehin schon im Sturm erobert, und ihre warmherzige Art erinnerte ihn sogar ein wenig an Maike.

„Au ja, vielleicht kann sie Silvester zu uns kommen!", unterstützte Max, der mit Emmi auf dem Arm zu ihnen getreten war, seinen Vorschlag. „Mein Papa kann prima kochen."

Zwei Augenpaare sahen sie bittend an, daher stimmte Sandra lächelnd zu, indem sie sagte: „Eine so nette Einladung kann ich wohl kaum ablehnen."

Wie gut, dass sie sich entschieden hatte, ihre Erbschaft anzunehmen und dem Trödelladen wieder zu neuem Glanz zu verhelfen.

Mäuseweihnacht

In diesem Jahr hatte der Winter recht früh eingesetzt, und für die kleinen Mäuse wurde es immer schwieriger sich durch den Schnee zu kämpfen, um nach Nahrung zu suchen.

„Bald ist wieder Weihnachten, da sind die Speisekammern der Menschen immer ganz besonders gut gefüllt, dabei fällt sicher auch für uns etwas ab", tröstete die Mäusemutter ihre Kleinen.

„Weihnachten? Was ist das?", piepste ein kleines Mäuslein.

„Das kann Euch Opa am besten erklären", meinte die Mäusemutter.

„Oh ja, erzähle Großvater", bestürmten die kleinen Mäuse ihn.

Daraufhin setzte sich der alte Mäuserich in eine Ecke und putzte zunächst einmal umständlich seine langen Barthaare, bevor er zu erzählen begann. Die jungen Mäuse nahmen zu seinen Pfoten Platz und lauschten gebannt dem, was er zu berichten hatte.

„Diese Geschichte ist schon uralt, über zweitausend Jahre. Seit damals ist sie von jeder Mäusegeneration zur nächsten immer weitergegeben worden, also muss wohl was Wahres dran sein", meinte der Großvater und fuhr fort: „Der Lebensmittelpunkt unserer Vorfahren in Bethlehem war schon immer ein alter Stall vor den Toren der Stadt. Ab und zu stand ein Ochse drin, vor dessen breiten Hufen sie sich in Acht nehmen mussten, aber sonst hatten sie ihre Ruhe. Genug zu fressen fanden sie auf den umliegenden Wiesen und Feldern auch. Wenn das Mäuschen trächtig war, dann hat der Mäuserich für sie und die Kleinen immer ein kuscheliges Nest im Stroh gebaut. Bald sollte es wieder soweit sein und sie freuten sich auf den Nachwuchs.

Aber, dass ausgerechnet ein ärmlicher Stall der Schauplatz einer schier unglaublichen, weltbewegenden Begebenheit sein würde, wer hätte das gedacht? Alles begann an dem Tag, als der Besitzer des Stalles mit einem jungen Paar dort ankam. Die beiden suchten dringend Obdach, weil die Frau ein Baby erwartete, aber in der Stadt waren alle Unterkünfte bereits vergeben. So hat der Wirt, dem der Stall gehörte, ihr und ihrem Mann erlaubt, mit dem Ochsen und ihrem Esel zusammen dort zu schlafen. Mitten in der Nacht ging es los und das Baby kam zur Welt. Die Mäusekinder auch – zur gleichen Zeit. Zum Glück ging alles gut und beide Mütter waren erschöpft, aber wohlauf, so wie ihre Kinder. Die junge Frau hat ihr Baby in weiße Tücher gehüllt und in die Futterkrippe des Ochsen gelegt. Sie fand, das war der beste Platz zum Schlafen für ihr Kind. Die Mäuse haben sich sehr gewundert, dass der Ochse nicht dagegen protestiert hat, ganz im Gegenteil. Er und der Esel standen einträchtig nebeneinander und haben mit ihrem warmen Atem versucht den kleinen Jungen zu wärmen. Überhaupt herrschte in diesen Stunden im Stall eine sehr fröhliche und ganz besondere Stimmung, irgendwie anders als sonst. -

Der samtige Nachthimmel war sternenklar, und ein außergewöhnlicher, besonders hell leuchtender großer Stern führte eine Gruppe von Hirten zum Stall. Die Männer und Frauen knieten ehrfürchtig vor der Krippe nieder, in der das Neugeborene lag. Es ging wirklich ein besonderer Zauber von diesem Menschenbaby aus, das spürten sogar die Tiere ganz deutlich. Außerdem haben die Hirten erzählt, dass ein Engel ihnen den Weg zu dem Stall gezeigt hat. Der Engel hat ihnen versprochen, dass ausgerechnet dieses Baby eines Tages die Menschheit retten und alle von ihren Sünden erlösen wird. Wie das gehen soll, das hat er ihnen nicht verraten, aber die Hirten haben sich gleich auf den Weg gemacht, um als erste das Kind in der Krippe zu besuchen und es anzubeten. Diese frohe Botschaft verbreitete sich schnell, und so kamen später noch viele andere Besucher, um das Jesuskind zu sehen. Und die kleine Mäusefamilie war dabei, stellt Euch das mal vor!", schloss der alte Mäuserich seine Erzählung und schwieg erschöpft.

„Genauso ist die Geschichte überliefert", bestätigte die Mäusemutter. „Der alte Stall ist sicher längst zu Staub zerfallen, und die Menschen von damals leben ohnehin nicht mehr, aber dieses wichtige Ereignis ist für die ganze Welt immer noch von großer Bedeutung. Die Geburt dieses Kindes war ein Geschenk für alle, und zur Erinnerung daran feiern viele Menschen jedes Jahr ein Fest, das sie Weihnachten nennen. Dann stellen sie die Krippenszene nach und beschenken sich gegenseitig. Nur wir Mäuse müssen inzwischen leider draußen bleiben – schade."

„Ist das wirklich wahr?", fragte eine kleine Maus keck.

„So sagt man", antwortete der Großvater. „Mir und Euren Eltern hat man das jedenfalls genauso berichtet, und Ihr werdet diese wundersame Begebenheit eines Tages auch an Eure Kinder weitergeben."

God Jul

Nach dem Abi hatte Marie erst mal einige Wochen Urlaub gemacht, und da sie noch nicht wirklich wusste, wie es weitergehen sollte, hatte sie die Gelegenheit ergriffen, als sich die Möglichkeit bot für ein Jahr nach Schweden zu gehen. In einem kleinen Ort in der Nähe von Stockholm wurden mehrere Mitarbeiterinnen für einen Kinderhort gesucht, die dort ein soziales Jahr absolvieren konnten. Mit ihren Eltern hatte sie schon mehrfach Urlaub in Schweden gemacht. Seitdem Familienhund Olli zu ihnen gehörte, hatten ihre Eltern sich ein Wohnmobil gekauft, damit sie ihn immer und überall hin mitnehmen konnten. Auch Marie mochte Schweden. Sie fand das Land wunderschön, die Menschen freundlich und aufgeschlossen und sie konnte inzwischen sogar ein wenig schwedisch sprechen. So kam es, dass sie Mitte September dorthin gereist war. Vor allem der Abschied von Olli war ihr sehr schwergefallen. Natürlich wusste sie, dass er bei ihren Eltern in guten Händen war, aber sie vermisste ihn trotzdem unendlich. Zum Glück hatte sie mit Ulrica eine sehr nette Kollegin und Wohngenossin getroffen, sodass zwischen den beiden jungen Frauen sehr schnell eine echte Freundschaft entstanden war. Die Organisation, über die Marie nach Schweden gekommen war, bestand darauf, dass die jungen Leute in den ersten Monaten nach ihrer Ankunft keinen Besuch aus der Heimat erhalten sollten. Es war schon vorgekommen, dass sie Heimweh bekamen, und wenn ihre Angehörigen zu Besuch gekommen waren, hatten einige spontan ihre Koffer gepackt und waren wieder mit zurückgefahren. Zu Beginn hatte das Marie nichts ausgemacht, wozu gab es schließlich Smartphones und die Post. Ihre Mutter war eine begeisterte Briefeschreiberin, und so bekam Marie viel Post und Fotos von zuhause. Ihre Eltern hatten vorgeschlagen, dass ihre Tochter zum Weihnachtsfest nach Hause fliegen sollte, denn über die Feiertage blieb der Hort ohnehin geschlossen. Marie hatte lässig abgewinkt und gemeint, sie wolle in Schweden bleiben, um einmal ein echtes, schwedisches Weihnachtsfest miterleben zu können. Ulrica hatte sie schon vor Wochen dazu eingeladen, die Feiertage mit ihr zusammen bei ihrer Familie zu verbringen. Aber je näher das Fest rückte, desto mehr bereute Marie ihren Entschluss sich nicht rechtzeitig ein Flugticket gekauft zu haben. Weihnachten war sie doch immer daheim gewesen - zusammen mit Mama, Papa, den Großeltern und vor allem mit Olli. Er brachte stets so viel Fröhlichkeit in die Bude. Obwohl er nicht mehr der Jüngste war, tollte er herum und freute sich über jeden der zu ihnen kam. Der Weihnachtstrubel schien ihn nicht zu stören, eher im Gegenteil. Natürlich hatten Ulrica und sie ihre kleine Wohnung ebenfalls adventlich geschmückt. Fast wie zuhause, überwiegend in Rot- und Grüntönen. Ulrica hatte vom Markt einen Adventskranz mitgebracht und ihn mit roten Kerzen und dicken Schleifen gleicher Farbe geschmückt. Sie hatte auch einen Türkranz gekauft an dem mehrere gebastelte kleine, goldene Herzen in verschiedenen Längen hingen. Immer, wenn die beiden jungen Frauen abends bei Kerzenlicht in ihrem kleinen Wohnzimmer saßen, überkam Marie das Heimweh, aber sie versuchte es so gut es ging zu verbergen. Am Telefon verlor sie ebenfalls kein Wort darüber, wenn sie mit ihrer Mutter oder ihrem Vater sprach. Allerdings entging es der sensiblen Ulrica trotzdem nicht, dass Marie tapfer gegen ihr immer stärker werdendes Heimweh ankämpfte. Sie sagte nichts, aber sie gab sich noch mehr Mühe als sonst, um Marie aufzuheitern und in Weihnachtsstimmung zu bringen. So erzählte sie ihr unter anderem von früheren Weihnachtsfesten bei sich daheim.

„Als ich noch ein Kind war, sind wir im Dorf von Haus zu Haus gegangen und haben vor den erleuchteten Fenstern Weihnachtslieder gesungen", berichtete sie. „Wir haben vom Bauern Getreidegarben geholt und die wurden am Heiligen Abend neben dem Vogelhaus im Garten aufgestellt, damit die Vögel auch merkten, dass Weihnachten war. Natürlich gibt es an den Feiertagen auch für die Familie immer jede Menge gutes Essen, wie den traditionellen Weihnachtsschinken, Mamas ganz speziellen Heringssalat und ihre selbstgemachten Pralinen. Das wird Dir sicher alles schmecken!", schwärmte Ulrica. „Meine Cousins und Cousinen fanden es als Kinder immer toll, auf unserer großen Diele um den geschmückten Weihnachtsbaum herum zu

tanzen. Inzwischen sind wir in alle Winde
verstreut, aber damals haben sich alle bei uns
getroffen, weil wir das größte Haus hatten."
„Das klingt alles ein bisschen nach Bullerbü",
staunte Marie.
Ulrica lachte und antwortete: „So ähnlich
kannst Du Dir unser Dorf auch vorstellen.
Natürlich werden die meisten Bauernhöfe
heutzutage nicht mehr bewirtschaftet, aber die
typischen roten Häuser, die gibt es bei uns
immer noch. Du wirst es ja bald mit eigenen
Augen sehen. Ich freue mich, wenn Du die
Weihnachtstage bei uns verbringst. Wir haben
wirklich Platz genug", betonte sie.
Auch ihre Eltern würden sich freuen,
zusammen mit dem Gast aus Deutschland
Weihnachten zu feiern, versicherte sie Marie.
Im Hort wurde mit den Kindern natürlich
ebenfalls viel gebastelt, gebacken und Marie
lernte durch sie sogar einige schwedische
Weihnachtslieder. So verging die Zeit wie im
Flug. Was Marie nicht wusste, Ulrica hatte
heimlich an Marie´s Eltern geschrieben und
sie ebenfalls zum Weihnachtsfest eingeladen.
Sie wollten zunächst zu den beiden Mädchen
kommen, und von da aus würden sie dann

gemeinsam in Ulrica's Heimatdorf fahren. Aus einem für Marie unerfindlichen Grund trödelte ihre Freundin an diesem Tag ganz besonders.

„Müssen wir nicht bald los?", fragte Marie, deren Koffer längst fertig gepackt im Hausflur stand.

Aber Ulrica fand immer wieder etwas, dass sie vor der Abfahrt unbedingt noch erledigen musste. Dann klingelte es an der Haustür Sturm.

„Nanu, wer kann das sein?", wunderte sich Ulrica. „Ach bitte Marie, könntest Du mal nachschauen?"

Marie ging zur Tür und als sie öffnete, wurde sie fast von Olli umgeworfen. Hinter ihm standen ihre lachenden Eltern.

„God Jul", tönte es ihr fröhlich entgegen.

„Mama, Papa, wie kommt Ihr denn hierher?", fragte Marie fassungslos.

Sie freute sich unbändig und verbarg die vor Rührung aufsteigenden Tränen schnell in Olli's wuscheligem Fell. Der Hund konnte sich vor lauter Wiedersehensfreude kaum beruhigen. Immer und immer wieder sprang er an ihr hoch und versuchte ihr das Gesicht abzulecken.

„Willst Du uns nicht hereinbitten?", fragte ihr Vater, während ihre Mutter Ulrica begrüßte.

„Vielen Dank für Ihre Einladung! Wir sind unterwegs in einen Stau geraten und leider war der Akku meines Smartphones leer, sonst hätten wir Bescheid gesagt, dass wir nicht pünktlich sein würden", entschuldigte sie sich bei Ulrica.

„Das macht doch nichts, jetzt sind sie ja da. Ich freue mich sehr über die gelungene Überraschung für Marie!"

Wenig später saßen die vier am Tisch und tranken eine Tasse Kaffee. Bevor sie weiterfuhren, hatte Marie´s Vater eine kleine Verschnaufpause nötig. Ihre Eltern bedankten sich herzlich bei Ulrica, weil sie und ihre Eltern Marie und ihnen auch in diesem Jahr ein gemeinsames Weihnachtsfest ermöglichen würden. Bis zum neuen Jahr wollten sie mit Olli in Schweden bleiben.

„Ein schöneres Weihnachtsgeschenk hättet Ihr mir nicht machen können", strahlte Marie.

Ihr Heimweh war verflogen und sie freute sich nun erst recht, noch dazu mit der gesamten Familie, einmal ein echtes schwedisches Weihnachtsfest miterleben zu können.

God Jul Och Gott Nytt Är!

Kinderstreiche

Die zierliche alte Dame mit den fein geschnittenen Gesichtszügen saß im Sessel in ihrem Zimmer im Seniorenheim und schaute sinnend aus dem Fenster. Draußen wirbelten die Schneeflocken vorbei, und sie ließ ihre Gedanken weit in die Ferne zurückschweifen. Sie konnte auf ein langes und erfülltes Leben zurückblicken, aber jetzt fühlte sie sich oft müde und erschöpft. Ihre Kinder würden sie zum bevorstehenden Weihnachtsfest abholen, darauf freute sich natürlich, aber Weihnachten war heute so ganz anders als zu ihrer Kindheit.

Ich vermisse einfach die schönen, alten Weihnachtsbräuche, dachte sie und seufzte ein wenig. Keiner in der Familie wollte mehr singen, stattdessen wurden Schallplatten aufgelegt. Oft sogar von Schlagerstars oder Sternchen gesungen, die sie gar nicht kannte. Und einen nach Wald duftenden Tannenbaum mit echten Kerzen gab es ebenfalls schon seit Jahren nicht mehr. Stattdessen schmückten Lichterketten den künstlichen Baum. Das war natürlich praktisch, weil man da keine Sorge haben musste, dass womöglich ein Brand entstehen könnte. Das leuchtete ihr ein.

„Diese Bäume nadeln wenigstens nicht", hatte man ihr zudem erklärt.

Auch das konnte sie nachvollziehen, obwohl es sie selbst nie gestört hatte, nachdem der Tannenbaum abgeschmückt worden war, die vielen Nadeln zu entfernen. Aber dass der schöne alte Weihnachtsschmuck sein Dasein nun schon seit Jahren im Keller fristete, das fand sie schrecklich. Die modernen Kugeln in den grellen Farben, die zum großen Teil aus Amerika kamen, mit denen mochte sie sich so gar nicht anfreunden. Da gab es verschiedene Tiere, die Weihnachtsmützen auf dem Kopf trugen, Autos, Telefone, Obst, Gemüse, bunte Donuts und dergleichen mehr. Mit so einem knallbunten Baum hatte man sie im letzten Jahr überrascht, als ihre Tochter und ihr Schwiegersohn sie zum Fest zu sich geholt hatten. Sie war völlig entsetzt gewesen und konnte das beim besten Willen einfach nicht verhehlen.

„Die Kinder haben es sich so gewünscht", erklärte ihre Tochter entschuldigend, die diesen neuen Weihnachtsschmuck wohl auch nicht besonders mochte. Ihre Enkel waren zwölf und vierzehn Jahre alt. Natürlich hatten die beiden ein Mitspracherecht was solche Dinge anging, aber man konnte es auch übertreiben, fand ihre Großmutter. Nun ja, was tat man als Eltern nicht alles für den Familienfrieden. Nein, Weihnachten war längst nicht mehr so schön wie früher, dachte die alte Dame. -

An ein Weihnachtsfest in ihrer Kindheit erinnerte sie sich besonders lebhaft. Ihre älteren Brüder Otto und Hermann waren wilde Jungen, die ihrer kleinen Schwester Elfriede ab und zu gern mal einen Streich spielten. So hatten die zwei gesehen, wo ihre Mutter die Geschenke für die kleine Schwester, die zu der Zeit noch fest an den Weihnachtsmann glaubte, versteckt hatte. Sie überredeten die kleine Elfriede dazu ganz oben in der hintersten Ecke des großen Kleiderschrankes ihrer Eltern nachzusehen. Dann würde sie das Geheimnis um den Weihnachtsmann lüften können, wurde ihr versprochen.

„Aber Du musst das ganz heimlich machen, keiner darf es merken", beschworen sie die beiden Jungen. Und so neugierig geworden nahm Elfriede sich vor, wenn die Eltern fort waren, dort tatsächlich nachzuschauen. Die Gelegenheit kam eher als gedacht, denn ihre Mutter fuhr einige Tage vor Heiligabend in die Stadt, um die letzten Besorgungen zum Fest zu machen, während der Vater zuhause blieb, um sich dieses Mal allein der Stallarbeit zu widmen. Das würde sicher länger dauern. Also huschte die kleine Elfriede ins elterliche Schlafzimmer. Sollte sie das wirklich tun? Aber dann fasste sie Mut und zog einen Stuhl herbei, damit sie nachsehen konnte, ob ihre Brüder recht hatten, wenn sie behaupteten, dass es nicht der Weihnachtsmann war, sondern die eigenen Eltern, von denen man zum Weihnachtsfest Geschenke bekam. Mit klopfendem Herzen räumte sie schnell einige Handtücher beiseite und fand dahinter mehrere in weihnachtlichem Geschenkpapier eingeschlagene Päckchen. Die nahm sie behutsam in die Hand und legte sie aufs Bett. Aber das war noch nicht alles. Dort lag noch eine bunte Plastiktüte. Nun wurde Elfriede erst recht aufgeregt. Sollte das etwa die wunderschöne Puppe sein, die sie im

Schaufenster des Spielzeugladens in der Kreisstadt gesehen hatte und die sie sich so sehr wünschte? Plötzlich öffnete sich die Tür und ihr Vater stand vor ihr. Mit einem Blick erfasste er die Situation.

„Elfriede!", donnerte er, „was machst Du da?"

„Ich, ich…, Otto und Hermann haben gesagt, es gibt gar keinen Weihnachtsmann …"

Schnell sprang sie vom Stuhl und warf sich weinend in die Arme des Vaters. Sie wusste genau, dass er sie bei etwas Verbotenem erwischt hatte, aber ihre älteren Brüder hatten sie schließlich dazu angestiftet, daher hoffte sie auf Gnade.

„Du räumst jetzt sofort alles wieder ein. Und dann sehen wir weiter", sagte ihr Vater in strengem Ton.

Nachdem das erledigt war, rief er die beiden Jungen zu sich und hielt ihnen eine tüchtige Standpauke. Zur Strafe mussten sie ihm helfen, den Stall auszumisten. Währenddessen fragte Elfriede sich bang, ob er sie bei der Mutter verpetzen würde. Am Ende plagte alle drei Kinder tüchtig das schlechte Gewissen. Ganz offensichtlich hatte der Vater sie nicht verraten, denn bis zum Heiligen Abend verlor ihre Mutter kein Wort über den Vorfall. Aber als nach dem Kirchgang das Glöckchen zur Bescherung läutete und die Kinder ins Wohnzimmer stürmten, lag unter dem geschmückten Tannenbaum kein einziges Weihnachtsgeschenk. Lediglich drei bunte Teller mit Plätzchen, Mandarinen und einigen Süßigkeiten standen auf dem Couchtisch. Alle drei zogen lange Gesichter, schließlich fragte Otto enttäuscht: „Kriegen wir denn keine Geschenke?"

„Die habt Ihr in diesem Jahr wohl nicht verdient oder?", bekamen sie zu hören. „Ihr wisst sicher warum", lautete die Antwort.

Tapfer versuchte Elfriede die Tränen zurückzuhalten, aber schließlich gelang es ihr doch nicht und sie schluchzte: „Ich will auch nie wieder nach Geschenken suchen, es tut mir so leid!"

„Ja, uns tut es auch sehr leid", ergänzte Hermann, und Otto nickte schuldbewusst. „Wir hätten Elfriede nicht dazu anstiften sollen", setzte er hinzu.

Die Mutter lächelte. „Na, dann wollen wir mal nicht so sein", meinte sie und holte dann doch noch schnell die Geschenke für ihre

Rasselbande hervor. Dieses Weihnachtsfest vergaß Elfriede nie. Sie hatte ihre Lektion gelernt – auf sehr schmerzhafte Weise. Seitdem hatte sie es nie wieder gewagt vor ihrem Geburtstag oder zum Weihnachtsfest heimlich nach versteckten Geschenken zu stöbern.

„Ach ja", seufzte sie noch einmal. „Früher war vieles anders, aber der Zauber der Weihnacht ist doch der gleiche geblieben – irgendwie."

Sie freute sich auf den Besuch bei ihren Kindern und Enkeln. Das gemütliche Beisammensein mit ihrer Familie war am Ende doch das Allerschönste an Weihnachten, nur darauf kam es an.

Ein tierischer Schutzengel

„Es ist Heiligabend und ich habe noch so viel zu tun", seufzte Svenja.

Ihr langjähriger Lebensgefährte Axel nickte verständnisvoll. Er wusste, seine Freundin wollte gerade diesen Abend perfekt gestalten, denn sie hatten seine und ihre Eltern zu sich eingeladen, weil sie vorhatten ihnen an diesem Abend endlich mitzuteilen, dass sie beschlossen hatten, im Sommer zu heiraten.

„Mach Dir keine Sorgen, meine Eltern sind ganz bestimmt mit allem zufrieden, was Du ihnen vorsetzt", hatte Axel gesagt, als Svenja sich schon vor Wochen den Kopf darüber zerbrach, womit sie bei ihren Gästen zum Weihnachtsfest kulinarisch Ehre einlegen konnte. Axel´s Mutter war eine begeisterte Köchin, das wusste sie. Auch ihre Mutter war eine gute Hausfrau, aber Backen lag ihr eindeutig mehr als das Kochen. Sicher würde sie wieder eine prall gefüllte Keksdose mit verschiedenen Leckereien mitbringen, weil sie wusste, dass ihre Tochter kaum Zeit und Lust haben würde, sich auch noch um die Weihnachtsbäckerei zu kümmern. Bei Svenja und Axel kamen durchaus öfter Fertiggerichte auf den Tisch, denn beide waren beruflich sehr eingespannt. Außerdem legten sie auf solche Dinge nicht so viel Wert wie ihre Eltern.

„Koch lieber etwas Einfaches, das Dir gelingt. Wenn Du Dich an komplizierte Sachen ran wagen willst, das geht womöglich schief und dann hast Du Dich erst recht blamiert!", hatte Svenja´s Mutter ihr geraten, als ihre Tochter sich ihr am Telefon anvertraut hatte.

„Vermutlich hast Du recht", stimmte Svenja ihr zu.

Nachdem sie in der Stadtbibliothek einige Kochbücher gewälzt hatte, entschied sie sich kurzerhand dazu als Vorspeise eine feine Spinatsuppe mit Shrimps anzubieten. Als Hauptgang wollte sie Schweinefilet mit Artischocken in Sahnesoße kochen. Dazu sollte es Rösti, einen gemischten Salat und zum Nachtisch Himbeer-Tiramisu geben. Das Dessert schmeckte Axel besonders gut, wie sie wusste. Diese Speisefolge traute sie sich ohne weiteres zu. Zum Glück hatten sie, in weiser Voraussicht, die Lebensmitteleinkäufe für die Feiertage schon zu Beginn der

Weihnachtswoche erledigt, sodass sie sich heute nicht mehr in das Einkaufsgetümmel im Supermarkt stürzen mussten. Den großen Tannenbaum hatte Axel ebenfalls bereits einige Tage zuvor aufgestellt und sie hatten ihn gemeinsam geschmückt. Die Kugeln in Silber und Blau sahen sehr edel aus, fand Svenja. In den gleichen Farben wollte sie auch die Festtafel dekorieren. Heute wollte sie unbedingt die Wohnung noch einmal auf Hochglanz bringen, bevor die beiden Mütter ihre kritischen Augen schweifen ließen. Daher forderte sie Axel auf, den Staubsauger zur Hand zu nehmen, während sie noch einmal mit dem Staubtuch durch die Räume wirbelte.

„Geh anschließend bitte mit Lulu Gassi", bat Svenja. „Aber bleibt nicht zu lange fort. Ich decke währenddessen den Tisch und bereite das Essen vor, soweit ich kann. Außerdem muss ich noch einige Geschenke einpacken."

Nachdem Axel endlich den Staubsauger beiseitegestellt hatte, wollte er aufbrechen. Die kleine Mischlingshündin Lulu tänzelte währenddessen in freudiger Erwartung neben ihm her. Doch plötzlich spitzte sie die Ohren, lief zur Wohnungstür und bellte laut.

„Ja, ich komme doch schon", versuchte Axel sie zu besänftigen und wollte sie anleinen, aber Lulu wehrte sich nach Kräften dagegen.

„Na, dann eben nicht", brummte Axel ungehalten.

Er wäre genauso gern zuhause geblieben, nachdem es einige Zeit zuvor heftig zu schneien begonnen hatte. Die umliegenden Häuser trugen alle weiße Zipfelmützen und gerade war der Schneeschieber am Haus vorbeigefahren, um die Straße zu räumen. Aber Svenja sagte: „Nein, Lulu muss unbedingt noch mal raus, wenn unsere Gäste erst da sind, haben wir keine Zeit mehr dazu."

Während Axel das Tier nun doch an die Leine nahm, machte Svenja ihm schon die Tür auf. Kaum draußen im Flur riss Lulu sich los, schoss zur Wohnungstür gegenüber, setzte sich davor und begann erneut laut zu bellen.

„Da stimmt was nicht!", fand Svenja.

Die alte Dame von gegenüber hatte ihr einen Schlüssel gegeben, damit Svenja ihre Blumen gießen konnte, wenn sie fort war. Zu Weihnachten wollten ihre Kinder allerdings zu Besuch hierherkommen, das wusste sie. Schnell holte Svenja den Wohnungsschlüssel zur Nachbarwohnung, öffnete und trat ein.

„Hallo, Frau Wintermeyer, ist alles in Ordnung?", rief sie.

Ein leises Stöhnen war die Antwort. Das schien aus dem Wohnzimmer zu kommen. Richtig, dort lag ihre Nachbarin auf dem Fußboden. Eilig beugte Svenja sich zu ihr nieder, und die alte Dame flüsterte: „Ich scheine unterzuckert zu sein. Mir wurde plötzlich schwarz vor Augen und ich bin gestolpert. Haben Sie meine Hilferufe gehört?"

„Nein, aber Lulu – zum Glück!"

Axel, der Svenja mit der aufgeregten Hündin gefolgt war, fragte: „Sollen wir einen Krankenwagen rufen?"

„Nein, das ist nicht notwendig, wenn Sie mir bitte ein Stück Traubenzucker geben würden, dann wird es mir gleich wieder besser gehen", bat die alte Dame. „Sie finden eine Packung in der Küche, in der Schublade neben dem Kühlschrank."

Axel lief sofort los, um das Gewünschte zu holen, und ehe Svenja sie daran hindern konnte, leckte Lulu der alten Frau schnell einmal kurz liebevoll tröstend über das

Gesicht. Nach seiner Rückkehr halfen sie Frau Wintermeyer zu zweit, sich auf das Sofa zu setzen. Schon nach wenigen Minuten begannen sich die Wangen der alten Dame wieder ein wenig zu röten.

„Sind Sie wirklich nicht verletzt und können wir Sie überhaupt allein lassen?", erkundigte sich Svenja besorgt.

„Aber ja. Meine Tochter und ihre Familie werden sicher bald hier sein, und ich möchte Sie auch nicht länger aufhalten. Es geht mir jetzt erheblich besser. Aber, wenn Lulu meine Hilferufe nicht gehört hätte, dann hätte es böse enden können. Womöglich wäre ich sogar ins Koma gefallen. Meine Tochter drängt mich schon lange dazu mir endlich einen Hausnotruf anzuschaffen. Bisher habe ich mich immer dagegen gewehrt, aber nun muss ich es wohl doch tun. Heute war Lulu mein Schutzengel! Vielen lieben Dank", sagte sie und streichelte Lulu. „Du hast Dir wirklich eine Belohnung verdient", setzte sie hinzu. „Nach den Feiertagen kriegst Du von mir ein ganz besonders feines Leckerli!", versprach sie, bevor Axel und Svenja sich mit Lulu von ihr verabschiedeten und ihr mit ihrer Familie ein frohes Fest wünschten.

Danach wurde es höchste Zeit für die Gassirunde mit Lulu. Axel´s Spaziergang mit ihr fiel allerdings kürzer aus als sonst, aber als er sie auf der Hundewiese von der Leine ließ, genoss sie es sichtlich mit ihm im frisch gefallenen Schnee ein wenig zu toben. Trotz aller Aufregung wurde es auch für ihre Menschen ein schöner Heiligabend. Das Essen war Svenja gut gelungen, denn alle Gäste lobten ihre Kochkünste, sowie den geschmackvoll gedeckten und weihnachtlich dekorierten Tisch. Und in dem raffiniert geschnittenen schwarzen Kleid sah sie bezaubernd aus, fand Axel. Er war sehr stolz auf seine zukünftige Frau. Zum Abschluss des Essens öffnete er eine Flasche Champagner und verkündete ihre Neuigkeit.
„Wie schön Kinder", freute sich seine Mutter und nahm beide in den Arm. Auch sein Vater und Svenja´s Eltern waren entzückt über die Hochzeitspläne ihrer Kinder.
„Nun freue ich mich umso mehr auf das kommende Jahr", versicherte ihr Vater den beiden.

„Habt Ihr schon Pläne für die Feier gemacht?", erkundigte sich Axel´s Mutter.

„Nö, nicht wirklich, aber eines steht fest", antwortete Axel. „Lulu muss unbedingt dabei sein!"

Weihnachtsfreude per Post

„Kennt Ihr die Aktion Post mit Herz?", wurden die Schüler der sechsten Klasse des Städtischen Gymnasiums Anfang November von ihrer Klassenlehrerin gefragt. Nur ein Mädchen namens Rabea meldete sich und berichtete, dass ihre Mutter schon seit Jahren daran teilnahm.

„Prima, dann kannst Du uns ja schon mal erzählen, worum es dabei geht", forderte ihre Klassenlehrerin, Frau Siek, Rabea auf.

„Da kann man zu Weihnachten Menschen mit einer schönen Karte oder einem Brief eine Freude machen, die sonst nur wenig Besuch kriegen oder andere Kontakte haben. Die meisten von ihnen leben in Seniorenheimen oder ähnlichen Einrichtungen und sind oft zu alt oder zu krank, um zum Weihnachtsmarkt zu gehen oder an anderen Aktivitäten in der Adventszeit teilnehmen zu können. Die freuen sich immer riesig über Post, sagt meine Mama."

„Genau", bestätigte Frau Siek und fügte hinzu: „Ich dachte, wir könnten uns alle mal hinsetzen und einem solchen Menschen eine

Weihnachtsfreude machen. Was haltet Ihr davon?"

Die Mädchen waren zumeist sofort Feuer und Flamme, während viele Jungen eindeutig zurückhaltender waren.

„Was soll ich denn einem alten Menschen, den ich nicht mal kenne, schreiben?", maulte Paul.

„Du musst doch keinen Aufsatz schreiben", beruhigte ihn Frau Siek. „Es genügt, wenn Du eine wirklich schöne Karte aussuchst, ein paar nette Sätze darauf schreibst und vielleicht ein selbst gemaltes Bild beifügst."

Daraufhin nickte Paul beruhigt.

„Es muss schlimm sein, wenn man keine Verwandten oder einige Freunde hat, die Weihnachten zu Besuch kommen", meinte Lea versonnen und ihre Freundin Julia nickte bestätigend.

„Wie kriegen wir denn raus, wem wir schreiben sollen?", erkundigte Andy sich.

„Das ist ganz einfach. Wollt Ihr denn alle mitmachen?", vergewisserte sich Frau Siek. „Ich muss mich aber darauf verlassen können, wenn Ihr das nicht hinkriegt, dann sagt es bitte gleich. Ich bin auch nicht böse."

Fragend sah sie in die Runde. Bei Jonathan sah man deutlich, dass er mit sich rang, bevor er sagte: „Wenn ich es nicht schaffe, hilft mir dann jemand?"

„Klar", meinte Josie. „Notfalls schreibe ich zwei Briefe."

„Na gut, dann mache ich mit", entschied Jonathan. „Und eine schöne Karte kaufe ich auf jeden Fall von meinem Taschengeld."

„Prima", freute sich Frau Siek. „Ich hatte von Euch auch nichts anderes erwartet. Dann schreibe ich an die Organisation eine Mail und bitte darum, dass sie mir 23 Anschriften geben sollen. Natürlich schreibe ich auch einen Brief. Wir können die Post dann zusammen absenden. Vielleicht habt Ihr auch weihnachtliche Aufkleber, mit denen Ihr die Briefe verschönern könnt. Ach ja, eines ist noch wichtig. Ihr müsst so deutlich wie möglich schreiben und am besten nicht zu klein, damit die Leute die Briefe auch lesen können. Denkt bitte daran. Ich würde sagen, Ihr habt vier Wochen Zeit bis zum ersten Advent. Wer bis dahin seine Post nicht fertig hat, der muss es sagen, dann machen wir das zusammen. Und falls jemand von Euch schneller ist, dann kann er oder sie auch gern vorher zu mir kommen und den Brief abgeben. Ich schaue gleich heute Nachmittag ins Internet und besorge mir die Adressen. Ich freue mich, dass Ihr alle mitmachen wollt und bin wirklich stolz auf Euch!"

In den nächsten zwei Stunden hatten die Kinder Kunstunterricht bei Herrn Petzel. Anna schlug vor ihn zu fragen, ob sie nicht in der Zeit für die „Post mit Herz Aktion" ein schönes weihnachtliches Bild malen durften.

„Dann haben wir das schon mal fertig, ist doch eine gute Idee oder?", fragte sie listig und grinste Jonathan an, der begeistert nickte. Er malte gern und damit hätte er schon mal die erste Hürde genommen. Als Herr Petzel den Raum betrat, hoben fast alle gleichzeitig die Hand.

„Nanu", wunderte er sich. „Das muss ja etwas wirklich Wichtiges sein, dass Ihr mir sagen wollt. Aber bitte nicht alle auf einmal. Um was geht es denn, Sophie?"

Er freute sich besonders darüber, dass auch die sonst so schüchterne Sophie sich zu Wort gemeldet hatte. Sophie berichtete ihm von der geplanten Aktion und schloss mit den Worten:

„Und deshalb wollten wir Sie fragen, ob wir heute für diese Aktion ein weihnachtliches Bild malen dürfen, es ist doch bald Advent."

„Ich finde, das ist eine großartige Idee, die meine Kollegin da hatte", fand Herr Petzel. „Natürlich dürft Ihr heute ein Bild für Eure Briefe malen. Wie gut, dass wir eine Doppelstunde haben, so habt Ihr genug Zeit, sonst machen wir in der nächsten Woche weiter."

Voller Eifer wurden von den Schülern sofort ihre Zeichenblocks, Stifte und Malkästen hervorgeholt. So entstanden in dieser Doppelstunde zweiundzwanzig wunderschöne phantasievolle Zeichnungen, und Herr Petzel staunte über die Ideenvielfalt der Klasse. Mehrere Kinder hatten einen geschmückten Weihnachtsbaum mit Kerzen, bunten Kugeln und Sternen gemalt, die trotzdem sehr unterschiedlich ausgefallen waren. Sophie, die eindeutig Talent zum Malen besaß, hatte ein Kind gezeichnet, das auf einem Schlitten saß und in einer verschneiten Landschaft jauchzend einen Hügel hinunter sauste. Der fröhliche Gesichtsausdruck des kleinen Schlittenfahrers war ihr unglaublich gut gelungen. Lea hatte sich dafür entschieden, einfach eine große Weihnachtskugel zu malen, die mit einem komplizierten Muster kunstvoll verziert war. Es entstanden Bilder, auf denen Engel auf die Erde herabschwebten oder Schneemänner die im Tannenwald standen. Mattis hatte sich tatsächlich daran gewagt eine Bude vom Weihnachtsmarkt im Bild festzuhalten. Am meisten begeisterte den Kunstlehrer das Bild von Jannik. Der hatte sich ebenfalls dafür entschieden, einen Schneemann zu malen, aber um dessen Kopf flatterten einige Vögel und neben dem Schneemann saß eine kleine schwarz-weiße Katze, die zu ihm aufschaute. Am Ende der Stunde war Herr Petzel sehr zufrieden mit den Bildern. Es war deutlich, dass alle Kinder sich sehr viel Mühe gegeben hatten. Er war richtig gerührt und das sagte er auch seiner Kollegin, als er sie im Lehrerzimmer traf. Frau Siek freute sich mit ihm und sagte: „Ich glaube, die Aktion wird ein voller Erfolg."

„Das denke ich auch", versicherte ihr Herr Petzel.

Schon an nächsten Tag hatte Frau Siek für jedes Kind eine Adresse mitgebracht. Es wurde ausgelost, wer an eine Person und in welcher sozialen Einrichtung schreiben sollte. Überwiegend waren es Senioren, die mit Post erfreut werden sollten, aber eine Anschrift gehörte zu einem Waisenheim. Dort gab es offenbar einige Kinder, die leider niemanden hatten, der sich um sie kümmerte, wie Frau Siek bedauernd feststellte. Einem der Jungen wollte sie selbst schreiben.

„Die Bilder sind ja fertig, hat mir Herr Petzel berichtet. Jetzt müsst Ihr nur noch eine schöne Karte oder einen netten Brief schreiben. Aber denkt daran, bis Anfang Dezember brauche ich Eure Post."

Die meisten Schüler lieferten ihre Briefe schon vor dem letzten Abgabetermin bei Frau Siek ab, schließlich sollten die Briefe ja pünktlich zum Weihnachtsfest bei ihren Empfängern sein. Am Ende waren aber trotzdem alle Briefe pünktlich fertig geworden, auch wenn einige Kinder erst am letzten Tag ihre Post mit zur Schule gebracht hatten. Nun konnten die Weihnachtsbriefe zur Post gebracht werden.

„Uff", stöhne Lara, die nicht gern schrieb, „das war knapp. Aber Spaß gemacht hat es auch. Ich finde, das sollten wir im nächsten Jahr wieder machen."
Frau Siek, hatte das zufällig gehört und schmunzelte erfreut. Sie war sicher, die Briefe der Kinder würden allen Empfängern viel Freude bereiten!

Versöhnung unterm Tannenbaum?

Nach einem heftigen Streit mit ihren Eltern hatte Constanze wutentbrannt ihr Elternhaus verlassen – mit dem Vorsatz nie mehr nach Hause zurückkehren zu wollen. Aus diesem Grund hatte sie sich auch an keine ihrer Freundinnen um Hilfe gewandt. Dort würden ihre Eltern sie früher oder später aufstöbern. Sie wollte einen klaren Schnitt machen, das stand fest. Aber wie sollte sie ohne eine Ausbildung und gänzlich ohne nennenswerte Ersparnisse über die Runden kommen? So war sie nach wenigen Wochen auf der Straße gelandet. Das Leben als Obdachlose war nicht leicht, das wurde ihr schnell klar. Den anderen Leuten, die auf der Straße lebten, wollte sie sich nicht anschließen. Ohnehin waren nur wenige Frauen darunter, und den Männern traute sie nicht. Viele hingen an der Flasche oder nahmen Drogen, deshalb hielt sie sich lieber von ihnen fern. Um nicht total zu vereinsamen, hatte sie sich in einer Zoohandlung eine zahme weiße Ratte gekauft, die sie Flicka genannt hatte. Flicka war sehr schnell zutraulich geworden, und Constanze liebte sie sehr. Meistens hockte Flicka auf ihrer Schulter, wenn sie unterwegs war oder in irgendeiner Stadt am Straßenrand saß, um zu betteln. Manche Passanten ekelten sich vor Flicka, aber es gab auch einige, die Fragen stellten und sie sogar streicheln wollten. Wenn Constanze in ein Geschäft ging, dann verstaute sie ihre Freundin Flicka immer in der Innentasche ihrer abgewetzten Lederjacke, um die anderen Kunden nicht zu erschrecken. Nur selten streckte Flicka dann ihr Köpfchen heraus, sie schien genau zu wissen, wann sie sich lieber zurückhalten musste.

Als Constanze ihr Elternhaus verlassen hatte, war es Sommer gewesen und so fand sie meistens relativ leicht einen trockenen Unterschlupf. Aber nun war der Herbst mit aller Macht gekommen, und sie empfand es von Tag zu Tag beschwerlicher sich allein mit Flicka auf der Straße durchschlagen zu müssen. Sie überlegte sogar, ob es nicht doch richtig war, nach Hause zurückzukehren. Dieser Entschluss fiel ihr nicht leicht, aber auf die Dauer konnte es ohnehin nicht so weitergehen, das war ihr klar. Zudem hatte sie in einer Obdachlosenunterkunft eine ältere Frau kennengelernt, der sie sich mit Flicka für einige Zeit anschloss. Irene hatte Constanze eindringlich ins Gewissen geredet und ihr vorgeschlagen, dass sie ihren nervigen Eltern wenigstens noch einmal eine Chance geben sollte.

„Bald ist doch Weihnachten, das Fest der Versöhnung. Willst Du diese Gelegenheit wirklich vorübergehen lassen? Du bist noch viel zu jung, um Dein Leben auf diese Art und Weise fortwerfen zu wollen", hatte Irene sie ermahnt.

Sie selbst hatte keine Familie und lebte mit ihrer Hündin Ella schon seit etlichen Jahren auf der Straße. Irene konnte sich ein anderes Leben inzwischen gar nicht mehr vorstellen. Constanze fürchtete sich vor der Begegnung mit ihren Eltern, wusste aber gleichzeitig, dass ihre mütterliche Freundin Recht hatte. So saß sie mit Flicka am Tag vor Heiligabend im Park ihrer Heimatstadt auf einer Bank und hoffte, die passenden Worte zu finden, wenn ihre Mutter oder ihr Vater morgen die Tür öffnen würden.

„Ach Flicka", seufzte sie, „wenn es doch nur

eine andere Möglichkeit geben würde…"

Die kleine Ratte saß währenddessen auf ihrer Schulter und schmiegte sich vertrauensvoll in ihre Halsbeuge. Ganz vorsichtig knabberte sie zärtlich an Constanzes Ohrläppchen – das war der größte Liebesbeweis, den sie einem Menschen geben konnte. Constanze war ja erst einige Monate lang fort, dennoch fühlte sie sich fremd, als sie durch die von der Weihnachtsbeleuchtung hell erleuchteten Straßen schlenderte. Sie streifte mit Flicka über den kleinen Weihnachtsmarkt, gönnte sich einen Crêpe und später einen heißen Punsch. Das hatte sie in den Jahren zuvor sehr genossen, aber nun erschien es ihr fast dekadent, als sie sah, dass viele Besucher des Weihnachtsmarktes völlig gedankenlos alles in sich hineinstopften, ohne wirklich hungrig oder durstig zu sein. Sie kaufte noch eine Waffel, die sie in einer ruhigen Ecke mit Flicka teilte. Zum Glück war ihre Begleiterin nicht wählerisch, womit sie ihren Hunger stillte. Dann ging Constanze weiter, um sich für die Nacht einen Platz zum Schlafen zu suchen. Zur Bahnhofsmission wollte sie erst am nächsten Morgen gehen, um dort eine

Dusche zu nehmen, damit sie ihren Eltern nicht ganz und gar ungepflegt unter die Augen treten musste. Am Ende fand sie Zuflucht in dem kleinen Pavillon im hinteren Teil des Parks und packte dort ihren Schlafsack aus. Flicka schlüpfte mit unter die Decke und bald schliefen beide eng aneinander gekuschelt ein.

Als Constanze erwachte, war es noch recht früh am Morgen. Flicka saß auf ihrer Brust und fixierte sie mit ihren kleinen Knopfaugen. Sie schien zu spüren, dass sich in ihrem Leben bald etwas ändern würde. Constanze holte ihr Portemonnaie aus dem Rucksack und zählte die Münzen darin. Viel war es nicht, wie sie traurig feststellen musste. Aber in ihrer eigenen Stadt betteln? Nein, das würde sie nicht tun. Nun gut, dann musste sie ihren Eltern ohne Geschenke entgegentreten. Die würden sicher ohnehin sehr überrascht sein, sie zu sehen. Aber ob sie sich freuen würden? Seit ihrem Riesenkrach hatte sie sich nicht mehr bei ihnen gemeldet und weder eine Postkarte geschrieben noch angerufen. Sie war einfach gänzlich von der Bildfläche verschwunden.

„Es hilft ja nichts", seufzte sie und öffnete den Reißverschluss des Schlafsackes. erhob sich und setzte Flicka wieder auf ihre Schulter, bevor sie erneut ihre wenigen Habseligkeiten zusammenpackte. Wenig später klingelte sie an der Tür der Bahnhofsmission. Flicka hatte sie vorsorglich wieder in der Innentasche ihrer Jacke verstaut, weil sie wusste, dass Tiere dort nicht von allen Leuten gern gesehen wurden. Eine freundliche Mitarbeiterin bot ihr ein Frühstück an und zeigte ihr auch den Waschraum.

„Ich möchte mich erst frisch machen und dann komme ich", erklärte Constanze.

„Wie Sie möchten. Brauchen Sie ein Bett für die Nacht? Heute Abend werden wir eine kleine Weihnachtsfeier abhalten, dazu sind Sie ebenfalls herzlich eingeladen", wurde ihr erklärt.

„Danke, das ist sehr nett von Ihnen, aber ich habe Familie vor Ort, vermutlich werde ich dort bleiben", entgegnete Constanze.

„Wie schön für Sie, das freut mich, aber wenn Sie es sich anders überlegen, dann kommen Sie gern wieder."

Constanze nickte und machte sich auf den

Weg in den Waschraum. Noch war außer ihr niemand dort, daher wagte sie es, Flicka auf den Boden zu setzen. Sie wusste, Flicka würde nicht fortlaufen, selbst wenn sich die Tür noch einmal öffnete. Nachdem sie ihre Haare gewaschen und ausgiebig geduscht hatte, fühlte Constanze sich schon ein wenig besser. Dann zog sie ihre beste Jeans an und machte sich auf den Weg in den Frühstücksraum. Flicka hockte wieder in der Innentasche ihrer Jacke. Schnell schmierte Constanze sich ein Brötchen stürzte hastig eine Tasse Kaffee hinunter und wollte sich verabschieden. Zuvor hatte sie noch ein trockenes Brötchen eingesteckt, um es draußen an Flicka zu verfüttern. Danach ging sie zu der hilfsbereiten Dame, die sie so nett aufgenommen hatte, um auf Wiedersehen zu sagen.

„Vielen Dank, das hat sehr gutgetan", sagte sie leise, wobei sie nicht verhindern konnte, dass ihr Tränen in die Augen schossen. Sie fühlte sich auf einmal sehr verloren, denn sie war sich ganz und gar nicht sicher, wie ihre Eltern sie empfangen würden – leider.

„Ach Kindchen, ich habe doch gesehen, dass

Sie Kummer haben. Sie leben noch nicht lange auf der Straße oder? Es gibt immer wieder eine Chance von vorn anzufangen. Wir bieten hier, in Zusammenarbeit mit der Stadt, verschiedene Möglichkeiten an. Wenn ihre Familie sie nicht so aufnimmt wie Sie es sich wünschen, dann kommen Sie gern jederzeit zurück. Wir finden bestimmt eine Lösung, das verspreche ich Ihnen."

„Danke, ich werde das beherzigen", versprach Constanze bevor sie ging.

Draußen wehte ihr ein eiskalter Wind entgegen und es hatte zu schneien begonnen. So nahm sie Flicka wieder in ihre Jacke, damit sie nicht zu sehr frieren sollte. Von ihren letzten Münzen kaufte sie sich ein Ticket für den Bus nach Hause. Schließlich stand sie vor ihrem Elternhaus, das sie vor einigen Monaten im Zorn verlassen hatte. Äußerlich hatte sich nichts verändert. Die Buchsbaumhecke war akkurat geschnitten, wie immer, und im Vorgarten blühten noch ein paar letzte Rosen. Constanze kam sich fremd vor. Gehörte sie wirklich noch hierher? Doch dann nahm sie all ihren Mut zusammen und schellte. Einen Moment später hörte sie die leichten Schritte ihrer Mutter und dann standen sie sich gegenüber.

„Constanze, Kind, wo warst Du nur? Wir haben uns solche Sorgen um Dich gemacht." Der vorwurfsvolle Unterton war ihrer Tochter nicht entgangen. „Komm herein", fügte ihre Mutter hinzu.

Etwas zögerlich folgte Constanze dieser Aufforderung. Als sie eintrat, kam ihr Vater eben aus dem Wohnzimmer. Seine Begrüßung fiel deutlich herzlicher aus, als die seiner Frau.

„Constanze, wie schön! Wir hatten schon befürchtet, wir müssten Weihnachten ohne Dich feiern."

Mit diesen Worten ging er auf sie zu und wollte sie in den Arm nehmen. Den Moment nutzte Flicka, um ihr Köpfchen aus der Tasche zu stecken und ihr rosa Näschen vorwitzig in die Luft zu strecken.

„Igitt, eine Ratte!", kreischte ihre Mutter, während Constanze´s Vater zwar ruhig blieb, sie aber ebenfalls missbilligend ansah.

„Das ist Flicka", wollte Constanze erklären, wurde aber von ihrer Mutter jäh unterbrochen.

„Dieses Vieh kommt mir nicht ins Haus. Was

denkst Du Dir eigentlich? Erst verschwindest Du monatelang ohne ein Wort und dann tauchst Du hier völlig abgerissen und schmutzig wieder auf – noch dazu mit einer Ratte im Schlepptau!", zürnte sie.

Wortlos wandte Constanze sich ab. Sie hatte hier nichts mehr zu suchen, das wurde ihr in dem Augenblick schmerzhaft bewusst. Ihre Eltern und sie hatten schon immer in völlig verschiedenen Welten gelebt. Vielleicht würde sie erneut losen Kontakt zu ihnen aufnehmen, sobald sie, mit Flicka an ihrer Seite, ihr Leben wieder richtig in den Griff bekommen hatte. Vielleicht…

Wo ist der Weihnachtshase?

„Oh, Euer kleiner Weihnachtsengel ist schon da – wie schön!", freute sich Opa Rolf. „Dann können wir ja sogar schon in diesem Jahr alle zusammen Weihnachten feiern. Mama ist zum Einkaufen gefahren, aber ich erwarte sie jeden Augenblick zurück. Dann werde ich ihr die gute Neuigkeit sofort erzählen. Wie ich sie kenne, wird sie gleich anschließend selbst zum Hörer greifen, um sich alles noch mal genau schildern zu lassen. Wir sehen uns ja bald, bitte grüß auch Lea ganz herzlich von mir!", mit diesen Worten beendete er das Telefonat mit seinem Schwiegersohn.

Wenig später rollte der kleine, rote Wagen seiner Frau auf den Hof, und er eilte ihr entgegen, um ihr die frohe Botschaft zu verkünden. Ursprünglich sollte das Baby in der ersten Januarwoche zur Welt kommen, aber die junge Dame war offenbar ungeduldig geworden und hatte ihr Erscheinen vorverlegt. Wie erwartet, war auch seine Frau außer sich vor Freude und löcherte ihn gleich mit Fragen. Ob es Mutter und Kind gutgehe, wie schwer die Kleine sei, ob sie womöglich schon Haare auf dem Kopf hatte und so weiter und so fort. Lachend wehrte er ab: „Ich bitte Dich Marit, das fragst Du Oliver am besten selbst, ich habe ihm Deinen Rückruf schon angekündigt."

„Dann pack Du bitte für mich die Einkäufe aus", wurde er angewiesen, während seine Ehefrau an ihm vorbei ins Haus und zum Telefon flitzte. Wenig später hörte er, wie sie mit ihrem Schwiegersohn sprach und ihm alles entlockte, was sie wissen wollte.

„Warum hast Du denn nicht Bescheid gesagt, als Du Lea in die Klinik gebracht hast?", forschte sie.

„Das musste alles ganz schnell gehen, weil die Fruchtblase geplatzt war, außerdem wollte Lea nicht, dass Ihr Euch Sorgen macht. Geplant war das ja alles ganz anders, aber so ist es doch gut. Keine Angst, es geht meinen beiden Mädchen ausgezeichnet. Du kannst Dich ja bald selbst davon überzeugen", versicherte er ihr und schlug vor, dass sie gegen Abend ihre Tochter auf dem Handy anrufen könne. „Aber als ich die Klinik verlassen habe, waren beide eingeschlafen. Ich habe Rolf schon die ersten Fotos aufs

Smartphone geschickt."

„Warum sagst Du das denn nicht gleich?"

„Du hast mir ja bisher keine Gelegenheit dazu gelassen und mich sofort mit Deinen Fragen bombadiert", gab er lachend zurück.

„Ach ja, entschuldige, aber ich bin so schrecklich aufgeregt...", rechtfertigte sich die frischgebackene Oma.

„Schon gut, das ist doch verständlich. Lea braucht jetzt ein bisschen Ruhe, aber später freut sie sich bestimmt über einen Anruf von Euch. Das Gästezimmer ist vorbereitet, wenn Ihr möchtet, könnt Ihr gleich morgen kommen", versicherte ihr Oliver.

Er kannte seine impulsive Schwiegermutter und wusste, wie gern sie ihrer Tochter zur Seite gestanden hätte, so wie es ursprünglich geplant war. Das hatte zwar nicht geklappt, aber Lea wäre bestimmt froh, sich nach dem Aufenthalt in der Klinik bei der Babypflege ein paar Tage von ihrer Mutter unterstützen zu lassen. Außerdem freuten sich alle auf das gemeinsame Weihnachtsfest.

„Na, alles geklärt?", fragte Rolf seine Liebste, nachdem sie den Hörer aufgelegt hatte.

„Ich gehe jetzt packen, dann können wir

morgen früh losfahren, aber bitte zeig mir vorher die Fotos", verlangte sie.

Rolf nickte. Er wusste, wenn seine bessere Hälfte sich etwas in den Kopf gesetzt hatte, dann war sie nur schwer zu bremsen. Die ersten Bilder ihrer Enkelin waren zauberhaft, darin waren sich beide Großeltern einig.

„Schau mal, die langen dunklen Haare, ich finde, sie sieht Lea ähnlich", schwärmte Marit.

Natürlich sah man der jungen Mutter die Strapazen der Geburt ein wenig an, aber sie strahlte dennoch äußerst zufrieden in die Kamera. Abends, als sie endlich miteinander telefonierten, ging es ihr zum Glück schon deutlich besser, wie sie Marit lebhaft versicherte.

„Sollen wir denn wirklich schon morgen kommen?", erkundigte sich Rolf besorgt.

„Natürlich, je eher, desto besser", antwortete seine Tochter. „Dann könnt Ihr Oliver dabei helfen den Weihnachtsbaum zu schmücken. Außerdem, wie ich Mama kenne, hat sie doch sowieso schon längst alles gepackt oder?"

„Aber klar", gab ihr Vater zu.

Am nächsten Morgen wurden die Koffer ins Auto gestellt, und die Utensilien für Einstein, den betagten Hund der Familie, ebenfalls noch schnell zusammengesucht. Einstein spürte offensichtlich, dass etwas in der Luft lag, denn er lief unruhig hin und her. Ihn zuhause zu lassen, das kam nicht infrage. Außerdem liebte Lea den Gefährten ihrer Jugend und hatte ihre Eltern darum gebeten, ihn unbedingt mitzubringen, wenn sie zum Weihnachtsfest anreisten. Nachdem sie, aus beruflichen Gründen, mit Oliver umgezogen war, kam sie ja nicht mehr so oft nach Hause. Am Ende war das Auto rappelvoll – auch mit Geschenken für die junge Familie. Besonders stolz war Oma Marit auf den großen Kuschelhasen, der schon seit Monaten auf seinen großen Auftritt wartete. Sie hatte ihn in einem Geschäft für Babyzubehör entdeckt und sofort ihr Herz an ihn verloren.

„Am liebsten würde ich ihn selbst behalten, aber das kommt natürlich nicht infrage", meinte sie, als sie ihn aus dem Auto holte, um ihn ihrem Mann zu zeigen.

Der nickte verständnisvoll; schließlich kannte er die Vorliebe seiner Frau für Kuscheltiere.

Und der Hase war wirklich sehr niedlich, das musste er zugeben. Aus weichem Plüsch mit aufgestickten braunen Kulleraugen war er sicher für jedes Kind der ideale Spielgefährte. Allerdings würde es eine Weile dauern, bis ihre kleine Enkelin mit ihm etwas anfangen konnte. Marit hatte den Hasen mit einer breiten Schleife und mehreren aufgeblasenen bunten Luftballons geschmückt. Außerdem hatte sie ihm eine Glückwunschkarte zur Geburt um den Hals gehängt, „Für Aurelia" darauf geschrieben und den Hasen neben dem Reisegepäck auf dem Rücksitz platziert. Nachdem Einstein in den Kofferraum gehüpft war, konnte die Fahrt losgehen. Etwa eine halbe Stunde vor dem Ziel, wurde der Hund unruhig und begann leise zu wimmern.

„Ich glaube, Einstein muss mal kurz raus, und ich würde auch gern eine Toilette aufsuchen", bat Marit.

So steuerte Rolf schnell den nächstgelegenen Parkplatz an. Marit eilte sofort auf das weihnachtlich geschmückte Rasthaus zu, und Rolf öffnete den Kofferraum, um Einstein zu befreien. Der Mischling war sichtlich froh, als er nach draußen springen und sich erleichtern konnte. Er flitzte sofort los. In seinem Eifer ihm zu folgen, ließ Rolf allerdings die Kofferraumklappe offen und rannte hinterher. Da es sehr stürmisch war, fegte eine Böe ins Innere des Wagens und erfasste den Hasen, der mitsamt den Ballons vom Wind nach draußen getragen wurde und schnell in die Lüfte entschwebte. Nachdem Rolf Einstein wieder eingefangen und auch Marit erneut eingestiegen war, ging es weiter. Alle waren froh, als sie nach der langen Fahrt vor dem Haus ihrer Kinder ankamen, wo sie von Oliver herzlich begrüßt wurden. Marit staunte, als sie sah, dass ihre Tochter das Haus trotz ihrer fortgeschrittenen Schwangerschaft weihnachtlich dekoriert hatte. Sie wusste, wie viel Arbeit und Mühe darin steckte, alle Räume festlich herzurichten.

„Nur den Weihnachtsbaum habe ich noch nicht aufgestellt, aber Lea meinte, Du hättest sicher Freude daran, ihn zu schmücken", meinte Oliver.

„Natürlich, das mache ich gern", stimmte Marit freudig zu.

„Aber lass uns erst die Koffer aus dem Auto holen", bat Rolf.

Beide Männer gingen nach draußen, während Marit Einstein Futter und Wasser gab. Schließlich standen die Koffer und alle verpackten Geschenke in der Diele.

„Wo ist der Hase?", fragte Marit irritiert.

„Der Hase? Ich dachte, den hättest Du vorhin schon mit aus dem Auto geholt", meinte Rolf.

„Nein, er saß doch auf dem Rücksitz", entgegnete Marit.

„Aber das Auto ist leer", erklärte Oliver.

„Was?", rief Marit aufgebracht. „Den Hasen wollte ich mit zu Lea ins Krankenhaus nehmen."

Sofort lief sie nach draußen, um selbst nachzuschauen. Aber tatsächlich, der Wagen war leer und der Hase verschwunden. Sie brach in Tränen aus, während Rolf und Oliver ratlos danebenstanden. Schließlich fasste Oliver sich ein Herz und fragte: „Was ist denn mit diesem ominösen Hasen?"

Immer noch schluchzend erzählte Marit ihm, dass sie den Stoffhasen für die kleine Aurelia gekauft hatte.

„Er hätte ihr bestimmt gefallen!"

„Habt Ihr ihn ganz sicher mitgenommen?", hakte Oliver nach.

„Natürlich, was denkst Du denn", empörte sich Marit.

„Er kann eigentlich nur verschwunden sein, als wir auf dem Rastplatz eine Pause gemacht haben", überlegte Rolf. „Da war es doch so windig."

Dann gestand er, dass er hinter Einstein hergelaufen war, weil er fürchtete, der alte Hund könne sich verlaufen und dabei die Kofferraumklappe kurzfristig offengelassen hatte.

„Meinst Du, jemand hat in der Zeit den Hasen gestohlen?"

„Das weniger, aber es war doch so stürmisch, er könnte vom Wind erfasst worden sein und die aufgeblasenen Ballons haben ihn vermutlich ein Stück fortgetragen", überlegte Rolf.

Ihn plagte eindeutig das schlechte Gewissen, aber in dem Augenblick hatte er nur daran gedacht, dass Einstein nichts geschehen sollte, obwohl der Parkplatz relativ leer und zu dem Zeitpunkt nur wenig Verkehr geherrscht hatte.

„Wo habt Ihr denn die Pause eingelegt? Wie hieß das Rasthaus? Ich werde gleich dort anrufen. Vielleicht hat jemand den Hasen gefunden und abgegeben. Immerhin hast Du den Namen von Aurelia auf der Karte vermerkt, da war doch klar, dass der Hase ein Geschenk sein sollte. Ich kann mir nicht vorstellen, dass fremde Leute ihn einfach mitgenommen und behalten haben", überlegte Oliver.

Hoffnungsvoll nickte Marit. Das Telefonat ergab, dass tatsächlich ein älteres Ehepaar den Hasen gefunden und abgegeben hatte.

„Ich werde gut auf ihn achten, keine Sorge. Sie können jederzeit kommen und ihn abholen", versprach die Mitarbeiterin des Rasthauses Oliver.

Vor Erleichterung brach Marit erneut in Tränen aus und verlangte, dass Rolf mit ihr sogleich noch einmal zurückfahren sollte.

„Aber erst trinkt Ihr beide eine Tasse Tee", schlug Oliver vor. „Außerdem hat Lea vor einigen Tagen für Eure Ankunft extra Plätzchen gebacken", erzählte er, mit hörbarem Stolz auf seine Frau. „Nach der weiten Fahrt solltet Ihr Euch erst mal ein wenig ausruhen", setzte er hinzu. „Oder soll ich losfahren und den Hasen holen?"

Aber davon wollte sein Schwiegervater nichts

wissen.

„Das ist wirklich nett von Dir, mein Junge, aber ich habe das verbockt und ich werde das auch in Ordnung bringen!"

Nachdem sie sich gestärkt hatten, stand Rolf auf und griff nach dem Autoschlüssel. Natürlich ließ Marit es sich nicht nehmen, ihn zu begleiten. Lediglich Einstein ließen sie in Olivers Obhut zurück.

„Zum Glück gibt es noch ehrliche Leute", sagte Marit unterwegs.

Sie konnte es kaum erwarten, den Hasen wiederzubekommen. Überglücklich schloss sie ihn in die Arme, als die nette Dame hinter der Theke ihn ihr lächelnd überreichte.

„Ich gratuliere Ihnen beiden sehr herzlich zur Geburt Ihrer Enkelin", sagte sie und setzte hinzu: „Ich habe selbst zwei Enkel und kann Sie sehr gut verstehen. Ich wünsche Ihnen und der jungen Familie alles Gute. Fröhliche Weihnachten!"

„Das wünschen wir Ihnen ebenfalls", bedankten sich Rolf und Marit, bevor sie sich auf den Rückweg machten.

Lea freute sich sehr, als ihre Eltern sie und

ihre kleine Tochter später in der Klinik besuchten und ihr den Hasen überreichten.

„Ist der süß!", rief sie und drücke den Plüschhasen an sich. „Ach Mama, den hätte ich auch sofort gekauft", versicherte sie.

Marit schmunzelte, zum Glück wusste Lea nicht, was geschehen war. Nun, da der Hase zum Glück wieder aufgetaucht war, konnte sie sich endlich uneingeschränkt auf das erste Weihnachtsfest mit der jungen Familie freuen.

Das Geschenk vom heiligen Antonius

Warum es Sina in den Sinn gekommen war, ausgerechnet an diesem Tag die Katzenkette, die ihre Tochter ihr vor einiger Zeit geschenkt hatte, anzulegen, das wusste sie später selbst nicht mehr. Es war eher eine Laune, die sie danach schauen ließ. Als das gute Stück nicht an seinem Platz in ihrem Zimmer in der Porzellandose mit den anderen Katzenketten lag, wunderte sie sich zwar, dachte aber noch an nichts Böses. Sie ging ins Schlafzimmer und holte die schwarze Lederkassette hervor, in der sie weiteren Modeschmuck und ihre echten Stücke aufbewahrte. Möglicherweise hatte sie die Goldkette mit dem handbemalten Katzenmotiv nach dem letzten tragen auch dort hineingelegt, dachte sie. Als sie das Schmuckköfferchen öffnete, erstarrte sie vor Schreck. Ungläubig schaute sie hinein. Was war das? Alle echten Schmuckstücke waren fort. Fassungslos zog Sina alle Schubladen auf. Die leeren Schächtelchen waren vollständig noch da. Ihre weißgoldenen Eheringe, die ihr Mann und sie seit Jahren nicht mehr getragen hatten, weil sie zu klein geworden und durch das Riffelmuster schwer zu vergrößern gewesen waren, fehlten. Ebenso der Memory-Ring aus Weißgold, der zur Hälfte mit Diamanten besetzt war, die geerbten beiden Ketten ihrer verstorbenen Lieblingstante, der antike Goldreif mit der Perlenrosette, die pfeilförmige, viktorianische Brosche aus Rotgold, zum Reifen passend und ebenfalls mit Perlen besetzt, die ihr Mann ihr vor vielen Jahren geschenkt hatte, zwei kurze Ketten, eine aus Weißgold mit einem kleinen diamantbesetzten Anhänger, eine aus Gelbgold, ebenfalls mit einem kleinen diamantgeschmückten Anhänger und die Goldkette mit dem Bernsteintropfen – alles fort. Tränen stiegen ihr in die Augen. Wer konnte ihr das nur antun? Sie und ihr Mann waren immer recht sorglos gewesen und führten ein offenes Haus, im wahrsten Sinne des Wortes. Sie lebten am Rande einer kleinen Stadt und hatten sich in ihrem Haus immer sehr sicher gefühlt. Ihre Nachbarn kannten sie seit Jahren und hatten zu allen ein gutes Verhältnis. Nein, von denen kam niemand infrage, obwohl der Polizeibeamte, der ihre Anzeige aufnahm, sofort vermutete, dass es ein Insider gewesen sein musste, der sich bei ihnen gut auskannte. Seltsam war auch, dass nichts auf einen Einbruch hingedeutet hatte. Weder an der Haustür noch am Kellereingang waren Spuren zu finden gewesen. Daher konnten Sina und ihr Mann nicht einmal sagen, wann das Unglück genau geschehen war. Eigenartig war ja auch, dass die leeren Schachteln zurückgeblieben waren. Außerdem hatte der Täter oder die Täter offenbar genau gewusst, welche Stücke wertvoll waren und welche nicht. Für die geerbten Ketten hatte Sina die Quittungen über den Kauf leider zu dem Schmuck gelegt, und natürlich waren auch die verschwunden. Sie konnte es einfach nicht fassen! Da scheinbar kein Einbruch vorlag, sondern ein einfacher Diebstahl, konnte der Polizeibeamte ihr leider keine große Hoffnung machen, dass sie ihren Schmuck zurückerhalten würde. Tagelang weinte Sina sich die Augen aus und zermarterte sich den Kopf wann sie zuletzt etwas von ihrem Schmuck getragen hatte. Sie war keine „Schmuck-Jule", wie sie es nannte, aber zu besonderen Gelegenheiten trug sie natürlich gern eine ihrer Kostbarkeiten und freute sich daran. So meinte sie sich zu erinnern, dass sie am Geburtstag ihres Mannes, etwa vier Wochen zuvor, den antiken Reif getragen hatte, als sie abends mit ihm essen gegangen war. Sicher war sie allerdings nicht. Alle Freunde, denen sie von ihrem schrecklichen Verlust erzählte, versuchten sie zu trösten, aber natürlich gelang ihnen das nicht sonderlich gut.

Sina hatte schon länger ein spezielles Verhältnis zum heiligen Antonius von Padua, dem Schutzheiligen für verlorene Dinge. Seitdem sie über sein Wirken gelesen hatte, war sie fasziniert davon. Schon kurz nach seinem Tod war er auf Drängen des Volkes heiliggesprochen worden, weil er so viele Wunder vollbracht hatte.

„Willst Du Wunder sehen, musst Du zu Antonius gehen", so hieß es. Und der heilige Antonius hatte Sina wirklich schon einige Male zur Seite gestanden. Immer, wenn sie keinen Ausweg mehr wusste, hatte sie sich an ihn gewandt und um Hilfe gebeten. Und die kam, meistens sogar recht schnell. So erinnerte sich Sina auch daran, dass man an den Heiligen sogar per Mail ein Gebet mit einer Bitte senden konnte. Das wurde von Mönchen auf das Grab des heiligen Mannes gelegt. Sie setzte sich an ihren PC und suchte die entsprechende Mailanschrift heraus. In einigen Sätzen schrieb sie sich ihren großen Kummer von der Seele und bat Antonius um Hilfe. Wenigstens einen Teil ihrer geliebten Schmuckstücke hätte sie gern wieder. Wenn jemand so ein Wunder vollbringen konnte, dann war es der heilige Antonius, davon war sie fest überzeugt. Wie das geschehen sollte, wusste sie nicht, es war ihr auch egal. Aber sie vertraute ihrem Heiligen. Sina hatte den Verlust Ende November bemerkt. Eigentlich hatte sie die Adventszeit immer sehr geliebt, aber in diesem Jahr konnte sie sich einfach nicht auf das Fest freuen. Nachdem Sina die Mail an Antonius gesandt hatte, fühlte sie sich deutlich besser. Nun hieß es abwarten, denn waren diese Wochen vor Weihnachten nicht am besten dazu geeignet Wünsche wahr werden zu lassen? Sina wollte es so gern glauben!

Erstens kommt es anders...

Kurz vor Beginn der großen Ferien im Sommer, erhielt Marga einen Anruf ihrer Tochter. Sie freute sich immer, wenn sie von Ellen und ihrer Familie etwas hörte. Dieses Mal gab es einen besonderen Anlass für dieses Gespräch.

„Mama, stell Dir vor, Jonathan und Franziska haben einen jungen Kater gefunden. Den wollen sie unbedingt behalten. Wir waren mit ihm beim Tierarzt, er ist nicht gechipt oder so. Als Arne vorschlug, wir könnten ihn doch ins Tierheim bringen, saßen beide nur da und heulten. Irgendwie bringe ich das auch nicht fertig – zumal die beiden dem Kleinen schon einen Namen gegeben haben. Aber wir wollen doch in vierzehn Tagen in die Ferien fahren..."

Die Stimme von Ellen bekam eindeutig einen weinerlichen Tonfall, und Marga schmolz dahin wie Butter in der Sonne. Sie und ihr Mann Viktor hatten jahrelang selbst Katzen gehabt, meistens aus dem Tierschutz. Bis auf ihren letzter Kater Willy, der war ihnen zugelaufen. Eines Tages stand er vor der

Terrassentür und maunzte laut. Natürlich hatte sie ihn ins Haus gelassen, und Willy hatte sofort alle Herzen erobert. So war er geblieben, bis er im gesegneten Alter von fast achtzehn Jahren, so schätzte der Tierarzt, sanft entschlafen war. Viktor hatte ihn eines Morgens im Carport gefunden, als er Brötchen holen wollte. Da war es leider schon zu spät gewesen. Sie beide waren unglaublich traurig, denn Willy fehlte ihnen sehr. Er war eine echte Persönlichkeit gewesen und hatte sein Revier bis zum Schluss wehrhaft verteidigt. Da sie und ihr Mann bereits in den Sechzigern waren, hatte Viktor verkündet, dass er es für besser hielt, keine neue Katze mehr ins Haus zu holen. Vom Verstand her musste Marga ihm zustimmen, obwohl ihr Herz ganz laut etwas anderes sagte. Daher schlug sie zaghaft vor: „Sollten wir nicht noch mal darüber nachdenken? Womöglich sitzt im Tierheim ein älteres Tier, das dringend ein Zuhause braucht."
Aber Viktor hatte sie nur strafend angeschaut und gesagt: „Aber Marga, wir waren uns doch einig. Bitte erinnere Dich daran, wie sehr Du jedes Mal geweint hast, wenn wir uns von

einer unserer Katzen verabschieden mussten. Willst Du Dir das wirklich noch mal antun? Ganz zu schweigen davon, dass wir dann wieder gebunden wären."

Damit war für ihn das Thema erledigt, und Marga hatte nicht gewagt, es noch mal anzuschneiden. Ihr Herz klopfte zum Zerspringen, als sie Ellen fragte: „Wie heißt der Kleine denn?"

„Es ist ein total pechschwarzer Racker. Unglaublich süß und tapsig. Die Kinder haben ihn Mohrchen getauft."

Marga ging das Herz auf, trotzdem sagte sie: „Du weißt doch, dass Papa unter gar keinen Umständen wieder eine Katze haben will – leider!"

„Daran dachte ich auch gar nicht. Im Grunde möchte ich Mohrchen ja selbst gern behalten, es geht um unseren Urlaub. Der ist doch fest gebucht. Könntet Ihr vielleicht für die Zeit unserer Ferien zu uns kommen, um auf ihn aufzupassen? Ich mag ihn nicht gleich in fremde Hände geben."

Erleichtert antwortete Marga: „Wenn es nach mir geht, sofort. Aber ich muss Deinen Vater fragen, ob er einverstanden ist – wenigstens pro forma, sonst fühlt er sich übergangen. Ich kann mir allerdings nicht vorstellen, dass er gegen einen kurzfristigen Tapetenwechsel Einwände hat. Ich melde mich später, mein Schatz."

Wie erwartet, fand Viktor den Gedanken, sich um das neue Familienmitglied der Kinder zu kümmern, völlig in Ordnung.

„Wir können ja auch dort ein paar Ausflüge machen, der kleine Kater wird ja wohl keine 24-Stunden-Rundumbetreuung nötig haben", meinte er.

So rief Marga ihre Tochter an, um ihr mitzuteilen, dass sie nur zu gern die Betreuung von Mohrchen übernehmen würde.

„Prima, vielen Dank! Das muss ich gleich den Kindern erzählen", freute sich Ellen.

Dann besprachen sie noch kurz, an welchem Tag ihre Eltern sich einfinden sollten und beendeten das Gespräch. Im Grunde ihres Herzens hatte Marga sich immer gewünscht, einmal eine junge Katze aufziehen zu können, aber das hatte sich einfach nicht ergeben. Natürlich freute sie sich ebenfalls, ihre Tochter und deren Familie wiederzusehen, aber am meisten gespannt war sie auf Mohrchen.

„Damit fing alles an", sollte Viktor später sagen, denn Mohrchen eroberte das Herz seiner Pflegeeltern im Sturm. Vor allem Marga war vom ersten Moment an völlig hingerissen von ihm, und verwöhnte den kleinen Kater während ihres Aufenthaltes nach Strich und Faden.

„Muss ich eifersüchtig werden? Man könnte glatt meinen, Du liebst ihn mehr als mich", beschwerte Viktor sich scherzhaft.

Mohrchen bekam selbstverständlich nur das allerbeste und teuerste Futter und jede Menge Leckerlis. Marga war außer sich vor Sorge, als Mohrchen damit begann, nicht nur das Haus, sondern auch unangemeldet und allein die weitere Umgebung zu erkunden. Sie war kurz hinausgegangen, um sich etwas Petersilie zu holen. Dabei hatte sie die Terrassentür versehentlich einen Spalt breit offengelassen. Die Gelegenheit hatte Mohrchen genutzt und war nach draußen entwischt. Bisher war er nur unter Aufsicht draußen gewesen, und auf ihr Rufen hörte er dieses Mal auch nicht.

„Was ist, wenn er sich verläuft und nicht mehr nach Hause findet?", schluchzte sie.

Viktor sah die ganze Sache gelassener. „Ach was, der weiß inzwischen ganz genau wo er hingehört. Er findet ganz sicher wieder heim." Marga beruhigte sich erst, als Mohrchen wenig später völlig arglos wieder in der Küche auftauchte. Natürlich zeigte er keine Reue über seinen ungeplanten Ausflug. Ellen und ihre Familie lachten später von Herzen über dieses kuriose Erlebnis. Per WhattsApp erstattete Marga ihren beiden Enkelkindern täglich Bericht. Schließlich waren die Ferien vorüber, und Viktor und Marga wollten wieder abreisen. Marga fiel die Trennung von ihrem Liebling unglaublich schwer. Tränen schimmerten in ihren Augen, als sie sich von ihm verabschieden musste.

„Aber Oma, zu Weihnachten kommt Ihr uns doch wieder besuchen", versuchte ihr Enkel Jonathan sie ungelenk zu trösten. „Wir schicken Dir auch Fotos von Mohrchen – versprochen!"

Auf der Heimfahrt war sie sehr still, und Viktor konzentrierte sich hauptsächlich auf das Fahren. Er richtete nur selten eine

Bemerkung an sie, schließlich kannte er seine Frau lange genug, um zu wissen, dass sie den Abschiedsschmerz erst mal allein verdauen musste. Er fand das winzige, schwarze Fellbündel ja auch bezaubernd, aber natürlich hätte er das niemals zugegeben. Zuhause erwartete sie ein leeres Haus, und Marga fing an zu weinen. Viktor tat so, als bemerke er es nicht, auch wenn es ihm fast das Herz zerriss, aber was konnte er tun?

So verging der Sommer, und bald zeigte sich der Herbst in voller Pracht. Mitte November rief Ellen erneut zuhause an und fragte, wann ihre Eltern denn ihren Weihnachtsbesuch geplant hätten.

„Ihr wisst doch, unser Gästezimmer steht leer, Ihr könnt bleiben so lange Ihr wollt. Die Kinder freuen sich schon auf Euch, und wir auch!"

Das Verhältnis zu ihrer Tochter und deren Mann Arne war ausgezeichnet, daher wusste Marga, dass Ellen es durchaus so meinte. Sie sprach mit Viktor darüber, und so wurde beschlossen, zu Beginn der Weihnachtswoche zu ihren Kindern zu reisen. Marga konnte es kaum erwarten. Schließlich war es soweit, das Auto war bis unters Dach voll beladen, und es konnte losgehen. Natürlich hatten sie auch diverse Leckerchen und Katzenspielzeug im Gepäck.

Am Ziel angekommen, wurden sie von Franziska und Jonathan jubelnd begrüßt. Mohrchen war inzwischen zu einem stattlichen Kerl herangewachsen. Er schien sich tatsächlich an Marga zu erinnern, denn er begrüßte sie ebenfalls laut schnurrend, ließ sich von ihr auf den Arm nehmen und gab ihr rasch ein Nasenküsschen.

„Oh, das ist unter Katzen die höchste Auszeichnung. Das macht er nur ganz selten", staunte Franziska, und Marga strahlte über das ganze Gesicht. Die Tage bis zum Heiligen Abend vergingen wie im Flug. Natürlich waren die Kinder aufgeregt, und Marga und Viktor ließen sich davon anstecken. Sogar Mohrchen spürte, dass etwas anders war als sonst. Er lief unruhig im Haus auf und ab und sah erstaunt, dass seine Menschen eines Tages ein grünes Ungetüm durch das Wohnzimmer in den angrenzenden Wintergarten schleppten.

Dann wurde der Baum, der kurz zuvor noch auf der Terrasse gestanden hatte, mit bunten Kugeln und vielen langen, dünnen Fäden geschmückt. Mit denen konnte man herrlich spielen, fand Mohrchen. Auch die leichten Kugeln eigneten sich gut dazu. Damit war er immer noch beschäftigt, als Viktor ins Zimmer trat, um die Geschenke, die Marga und er mitgebracht hatten, unter den Weihnachtsbaum zu legen. Er erwischte Mohrchen dabei, wie der gerade Maß nahm, um in den Baum zu springen, was er nur durch sein beherztes Eingreifen im letzten Moment verhindern konnte. Mit dem strampelnden Kater auf dem Arm, verließ er den Wintergarten, in dem nun ein leicht ramponierter Tannenbaum stand.

In der Diele traf er auf Franziska. Sie kicherte und nahm Mohrchen mit in ihr Zimmer. Dort konnte er weniger Unsinn anstellen. Bis zur Rückkehr der Familie aus der Kirche blieb der Wintergarten für ihn verschlossen. Als die Familie zum Gottesdienst aufbrach, durfte Mohrchen zumindest wieder in die Küche, denn dort standen seine Futternäpfe. Der gemeinsame Kirchgang war von jeher Tradition in der Familie, und das hatten auch Ellen und Arne übernommen. Vor Ungeduld zappelnd ließen Jonathan und Franziska den Gottesdienst und das Krippenspiel über sich ergehen, und dann ging es im Laufschritt nach Hause.

„Langsam Kinder", tadelte Arne seine Brut, „wir kommen ja nicht mit. Und Oma und Opa erst recht nicht."

Endlich standen sie vor der Haustür, wo Mohrchen sie schon ungeduldig erwartete, wie sie durch die Glasscheibe sehen konnten. Und dann war es endlich soweit. Die Tür zum Wohnzimmer wurde geöffnet, und die Kinder stürmten los. Während Arne im Wohnzimmer den Kamin entzündete, waren Franziska und Jonathan schon dabei jubelnd die Geschenke auszupacken.

„Es geht doch nichts über ein Weihnachtsfest mit Kindern!", stellte Viktor fest, bevor er Marga ihre Geschenke überreichte. Er hatte ihr ein getöpfertes Windlicht gekauft, das ihr zuhause auf dem Weihnachtsmarkt so gut gefallen hatte.

„Wie lieb, dass Du Dir das gemerkt hast", strahlte sie.

Auch ihren Bücherwunschzettel hatte er zum großen Teil „abgearbeitet", wie er es nannte. Die meisten Titel darauf waren natürlich Katzenromane, die Marga seit vielen Jahren ganz besonders schätzte. Ganz am Schluss zog Viktor einen Brief hervor. Fragend sah seine Frau ihn an. „Noch ein Geschenk?"

„Vielleicht die Hauptsache", entgegnete er schmunzelnd, indem er ihr den farbigen Umschlag überreichte.

Marga bemerkte, wie plötzlich alle gespannt in ihre Richtung schauten. Neugierig öffnete sie den Umschlag und entnahm ihm eine hübsche, aufklappbare Weihnachtskarte mit Kätzchenmotiv. Augenblicklich traten ihr Tränen in die Augen, als sie las:

Gutschein
Zur Adoption einer (älteren) Katze, die wir nach unserer Rückkehr aus dem Tierheim holen werden.

Natürlich war Viktor nicht entgangen, wie sehr Marga sich gefreut hatte, als sie

Mohrchen wiedersah. Der Abschied von ihm hatte ihr im Sommer ja fast das Herz gebrochen. Außerdem hatte er sie etliche Male dabei ertappt, wie sie heimlich still und leise, auf der Webseite des Tierheims stöberte. So hatte er den Plan gefasst, sie mit dieser Idee zu überraschen. Zuerst hatte er mit Ellen und Arne darüber gesprochen, und später wurden auch die Kinder eingeweiht. Erstaunlicherweise war es ihnen sogar gelungen, den Mund zu halten, um ihm seine Überraschung nicht zu verderben. Jubelnd fiel Marga Viktor um den Hals. Sie gab ihm einen herzhaften Kuss und sagte: „Vielen Dank – ein schöneres Geschenk hättest Du mir nicht machen können! Aber ich denke, Du wolltest keine Katze mehr."

„Ja, weißt Du", begann Viktor, „erstens kommt es anders…",

bevor der Familienchor einfiel: „…und zweitens als man denkt!"

„Stimmt!", sagte Marga überglücklich.

Die kleine Stubenfliege

Hallo Leute, ich bin eine Stubenfliege und wurde im Pferdestall von Bauer Meyer geboren. Dort leben natürlich viele Fliegen. In den letzten Tagen reden alle Tiere von dem großen Fest, das auch die Menschen sehr beschäftigt. Sie nennen es Weihnachten, und es muss einfach großartig sein, deshalb habe ich beschlossen, mir das selbst anzuschauen. Alle meine Schwestern waren entsetzt und wollten mich unbedingt davon abhalten.

„Du weißt doch, die Menschen mögen keine Fliegen. Die haben sogar ein Mordinstrument, mit dem sie nach uns schlagen. Wenn Dich so eine Fliegenklatsche erwischt, dann ist es aus. Bleib hier im Stall, da kann Dir nicht viel passieren!", rieten sie mir.

Alle Kinder, die zum Reitunterricht in den Stall kamen, schwärmten immer wieder mit glänzenden Augen von Weihnachten, und sogar der Hofhund sprach öfter davon.

„Der Heilige Abend ist der schönste Tag im ganzen Jahr", bestätigte er und schlug mir vor, mich auf seinem breiten Rücken mit ins Haus zu schmuggeln. Sein Fell ist sehr lang und struppig, da würde ich gar nicht auffallen, meinte er. Aber er mahnte mich ebenfalls sehr eindringlich zur Vorsicht. Ich muss zugeben, ein bisschen Angst hatte ich schon vor den großen Menschen, aber ich wollte mich nicht beirren lassen, und eines Tages war es endlich soweit.

„Heute ist Heiligabend", erklärte mein Freund, „willst Du nun mit ins Haus kommen oder lieber doch nicht?"

Plötzlich kam ich mir bei dem Gedanken nicht nur mutig, sondern eher übermütig vor, immerhin spielte ich mit meinem Leben. Aber dann siegte doch meine Neugier und ich vertraute darauf, sollte es brenzlig werden, dass ich durch meine Facettenaugen in der Lage sein würde, mich notfalls rechtzeitig in Sicherheit zu bringen. So ließ ich mich auf seinem breiten Rücken nieder. Er trabte los, und wenig später waren wir im Haus, wo Hasso, so nennen ihn die Menschen, mich gleich ins Wohnzimmer der Familie brachte.

„Ab jetzt bist Du erst mal auf Dich allein gestellt, aber wenn Du nachher zurück in den Stall möchtest, dann nehme ich Dich wieder mit", versprach er, bevor er sich in sein

Körbchen verzog.

Ich flog schnell an die Decke und sah mich von dort aus staunend in dem großen Zimmer um. In einer Ecke stand eine hohe Tanne. Solche Bäume kannte ich aus dem Wald neben der Pferdekoppel, aber da sahen die grünen Nadelgewächse ganz anders aus. Für dieses Weihnachten hatten die Menschen sie festlich geschmückt. Auch davon hatte ich gehört. Unter dem Baum lagen viele bunt verpackte Päckchen in unterschiedlichen Größen. Das mussten die Geschenke sein, von denen die Kinder gesprochen hatten. Im ganzen Haus ging es geschäftig zu. Alle liefen durcheinander oder legten noch schnell eine Kleinigkeit unter den Weihnachtsbaum. Irgendwann kamen alle Familienmitglieder in der großen Diele zusammen und gingen gemeinsam fort. Plötzlich wurde es ganz still. Mein Freund Hasso gähnte und sagte: „Jetzt gehen meine Menschen in die Kirche, aber wenn sie zurückkommen, dann geht der Trubel richtig los!"

„Kirche?", fragte ich verwundert.

„Das ist ein großes Gebäude mit einem Glockenturm mitten im Dorf. Jeden Sonntag bimmeln dort die Glocken und rufen zum Gottesdienst, das hast Du sicher schon mal gehört. So ist es heute auch, und jetzt gehen die Leute dorthin, um sich die richtige Weihnachtsstimmung zu holen. Vor sehr langer Zeit ist ein Kind geboren, das hat alle Menschen von ihren Sünden erlöst, so heißt es. Und wenn sie sterben, kommen sie anschließend in den Himmel, das ist eine feine Sache", klärte Hasso mich auf.

„Gilt das auch für Tiere?", wollte ich aufgeregt wissen.

Er zuckte nur die Achseln und brummte: „Keine Ahnung, verlassen würde ich mich jedenfalls lieber nicht darauf."

Dann flog ich noch eine Weile hin und her, um mir alles ganz genau anzuschauen. Die dicken Schleifen und die bunten Kugeln am Weihnachtsbaum gefielen mir sehr. Als wir hörten, dass die Familie zurückkehrte, habe ich mich lieber wieder versteckt. Bauer Meyer kam als Erster ins Zimmer und zündete die Kerzen am Weihnachtsbaum an, sodass er in hellem Licht erstrahlte. Ich war richtig geblendet von all der Pracht. Aber Hasso hatte mich eindringlich davor gewarnt, den brennenden Kerzen zu nahe zu kommen, denn die würden mir ruck zuck meine Flügel versengen oder noch Schlimmeres.

„Wenn sie nach der Bescherung essen wollen, dann halte Dich auch besser fern. Das Essen riecht immer sehr lecker, aber wenn Du etwas abhaben möchtest, erwischen sie Dich womöglich. Und dann kennen sie keine Gnade, also pass auf", hatte er mir ebenfalls eingeschärft.

Nachdem er die Kerzen am Weihnachtsbaum zum Leuchten gebracht hatte, nahm Bauer Meyer ein kleines Glöckchen vom Tisch und klingelte damit. Sofort stürmten die Kinder ins Wohnzimmer, stellten sich nebeneinander und sangen ein Lied. Danach nahmen sich alle in die Arme und wünschten sich gegenseitig fröhliche Weihnachten. Anschließend liefen zuerst die Kinder los, um nach ihren Geschenken zu schauen, bevor auch die Erwachsenen ihre Päckchen auspackten. Alle freuten sich, lachten und zeigten sich gegenseitig, was sie bekommen hatten. Ich sah nur strahlende Gesichter. Hasso hat recht, Weihnachten muss etwas ganz Besonderes sein – für die Menschen jedenfalls. Ich konnte mich gar nicht sattsehen an dem fröhlichen Treiben. Irgendwann verschwand die Hausfrau und wenig später rief sie alle zu Tisch. Wie ich zugeben muss, roch es sehr verlockend, aber ich dachte daran, was Hasso mir geraten hatte. Er selbst war mit der Familie mitgelaufen, saß unter dem Esstisch und wartete darauf, dass ihm ab und zu jemand ein paar Leckerbissen zusteckte. Ich hatte es mir inzwischen auf dem Blatt einer Topfblume vor dem Fenster bequem gemacht. Von da aus konnte ich alles gut beobachten. Nach dem Essen wurde abgeräumt und die Familie kehrte zurück ins Wohnzimmer. Sie sangen wieder ein paar Lieder und unterhielten sich, solange bis die Kerzen am Baum schon weit heruntergebrannt waren. Schließlich erhob sich Bauer Meyer, um noch mal im Stall nach dem Rechten zu sehen.

„Komm Hasso!", forderte er meinen Freund auf, der sich gehorsam erhob.

„Willst Du auch mit?", fragte er mich leise, als er aufstand.

Ohne lange zu überlegen flog ich wieder auf seinen Rücken und versteckte mich in seinem dichten Fell. Ich bin immer noch ganz beseelt von dem Wunderbaren, das ich erlebt habe und nun weiß, was Weihnachten bedeutet. Wenn ich zurück im Stall bin, werde ich meinen zahlreichen Schwestern ganz viel zu erzählen haben.

Ohne Moos nix los...

Leetje und Eva waren seit dem Sommer Studienanfängerinnen. Die beiden hatten sich schnell miteinander angefreundet und saßen an dem Tag in der vorweihnachtlich geschmückten Mensa der Universität, als Leetje seufzte: „Himmel wo kriege ich nur einen guten Nebenjob her? Ich will doch Weihnachten nach Hause fahren, und natürlich sollen alle aus der Familie auch eine Kleinigkeit geschenkt bekommen, aber meine monatliche Überweisung von Papa ist schon fast wieder aufgebraucht. Das Leben hier ist verflixt teuer! Viel Zeit habe ich neben dem Studium sowieso nicht, aber irgendwie muss ich mir in den nächsten Wochen noch ein paar Euro verdienen. Hast Du eine Idee?"

Eva schüttelte bedenklich den Kopf, aber dann hellte sich ihre Miene auf. „Versuch's doch mal bei einer der Agenturen für Weihnachtsmänner und Engel. Momentan sind doch so viele Firmenweihnachtsfeiern. Die finden meistens abends statt, dann hast Du ja Zeit."

„Meinst Du?", zweifelte Leetje.

„Klar, warum nicht. Mit Deinen blonden Haaren gehst Du locker als Engel oder auch als Christkind durch – je nach Bedarf."

Im Gegensatz zu Leetje´s Eltern waren die von Eva vermögend, daher hatte sie genug Taschengeld. Manchmal beneidete Leetje sie ein wenig darum, dass Eva, im Gegensatz zu ihr, es noch nie nötig gehabt hatte, jeden Euro mehrfach umzudrehen, bevor sie ihn ausgab. Aber ihren Eltern fiel es schwer genug, sie studieren zu lassen, das wusste sie. Und sie hatte noch drei jüngere Geschwister, während Eva ein Einzelkind war.

„Ich hole uns jetzt noch schnell einen Cappuccino", lud Eva sie ein. „Dazu reicht die Zeit gerade noch, bevor ich zur nächsten Vorlesung muss."

„Nee, lass mal", wehrte Leetje ab.

Es war ihr peinlich, sich Eva gegenüber überhaupt so weit aus dem Fenster gelehnt zu haben.

„Quatsch, stell Dich nicht an", konterte Eva.

Ehe Leetje sich versah, war sie schon aufgesprungen, um ihre Ankündigung in die Tat umzusetzen. Sie kam mit zwei großen, gut gefüllten Bechern zurück, die von einem

Sahnehäubchen gekrönt wurden. Außerdem entströmte ihnen ein köstlicher Duft.

„Es ist draußen lausig kalt, da wird uns etwas Warmes guttun, bevor wir uns wieder in die Kälte wagen", meinte Eva.

Der Winter war in diesem Jahr zeitig gekommen. Es war bitterkalt und der graue Himmel sah aus, als würde es bald erneut zu schneien beginnen.

„Was erwartest Du, es ist schließlich Ende November. Am Wochenende haben wir den ersten Advent", stellte Leetje fest.

„Eben, bis Weihnachten ist es nicht mehr lange hin, aber so richtig in Stimmung bin ich eigentlich gar nicht", sagte Eva. „Bei uns zuhause gibt's meistens einen Gutschein oder so. Meine Eltern machen sich selten die Mühe los zu stiefeln, um Geschenke zu kaufen. Und was sollte ich mir auch wünschen?"

Erstaunt zog Leetje die Augenbrauen hoch. Das kannte sie von daheim ganz anders. Sie musste unwillkürlich lächeln, wenn sie daran dachte, wie sehr ihre kleineren Geschwister sich auf das Weihnachtsfest freuten. Sie saßen am Küchentisch und bastelten oder schrieben mit hochroten Wangen ihre Wunschzettel.

Armes, reiches Mädchen, dachte sie im Stillen. Natürlich würde sie das nie laut sagen, schließlich wollte sie ihre Freundin ja nicht verletzten. Stattdessen sagte sie spontan: „Möchtest Du vielleicht Weihnachten bei uns feiern? Meine Eltern freuen sich immer über Besuch, das weiß ich."

„Ist das Dein Ernst? Zu Weihnachten? Da wollen die meisten Familien doch lieber unter sich sein…", zweifelte Eva.

„Wir nicht, wir führen zu jeder Zeit ein offenes Haus. Je mehr, desto besser. Nur dürfen unsere Gäste keine allzu großen Ansprüche stellen. Das heißt, Du müsstest Dir ein Zimmer mit mir teilen", erklärte Leetje.

„Aber, würden Deine Eltern es nicht seltsam finden, wenn Du an den Feiertagen nicht nach Hause kommst?"

„Das glaube ich eher weniger", sagte Eva gepresst. Dann holte sie tief Luft und erklärte: „Um ehrlich zu sein, ich glaube, sie sind ohnehin nur noch meinetwegen zusammen. Im Grunde geht jeder schon lange seine eigenen Wege. Nur denken sie, das wüsste ich nicht."

„Dann ist es abgemacht. Du kommst zu den Feiertagen mit zu mir nach Hause", freute sich Leetje.

Nachdem Eva sich verabschiedet hatte, saß sie noch eine Weile am Tisch, bevor sie auch aufbrach. Sie hatte an diesem Nachmittag vorlesungsfrei. Daher ging sie zurück ins Studentenwohnheim, um in ihrem Zimmer in ihrem Laptop nach einer Agentur zu suchen, die Studentenjobs vermittelte. Tatsächlich gab es, in der Nähe der Uni eine Jobagentur, die für die Studenten wahlweise Nebenjobs sogar tage- oder wochenweise anbot. Deren vielfältige Vermittlungsangebote reichten von Nachhilfestunden für Schüler bis hin zu Auftritten als Weihnachtsmann oder Engel. Kurzentschlossen rief Leetje dort an und sprach mit einer freundlichen Dame, die ihr vorschlug, am besten persönlich vorbei zu kommen.

„Heute ist bis 18.00 Uhr jemand im Büro", erklärte sie. „Keine Sorge, wir finden sicher etwas Passendes für sie. „Gut, dass sie sich so früh gemeldet haben, demnächst wird es eng. Solche Jobs sind heiß begehrt!"

Daher zögerte Leetje nicht lange, sondern zog ihren dicken Wintermantel und die gefütterten Stiefel erneut an, um sich dort vorzustellen.

„Guten Tag, ich hatte eben angerufen…", begann sie, wurde aber von der Dame hinter dem Schreibtisch unterbrochen.

„Ich weiß, ich habe schon mal in den PC geschaut. Ich glaube, ich habe schon etwas für Sie gefunden. Haben Sie am kommenden Mittwoch Zeit? Haben Sie so etwas überhaupt schon einmal gemacht?"

„Nein, nicht wirklich. Aber, in einer der Schulaufführungen habe ich mal den Verkündigungsengel gespielt, sonst habe ich in dieser Hinsicht keinerlei Erfahrung", gab Leetje verlegen zu.

„Das macht nichts. Das geht den meisten so. Für den Auftritt am nächsten Mittwoch müssen Sie ohnehin nur freundlich lächeln und den Weihnachtsmann als Engel unterstützen, indem Sie ihm helfen, die Tüten an die Kinder zu verteilen", wurde Leetje angewiesen. „Das trauen Sie sich doch sicher zu oder?"

„Zumindest würde ich es gern versuchen."

„Wunderbar. Dann hole ich Ihnen jetzt Ihr Kostüm. Eine Perücke brauchen Sie ja nicht. Sie haben wirklich wundervolles Haar. Vermutlich wird Ihnen das Kleid ein wenig zu weit sein, aber mit dem goldenen Gürtel dazu wird es bestimmt gehen."

Der Student, der den Weihnachtsmann verkörpern sollte, würde ebenfalls pünktlich zur Stelle sein.

„Sein Name ist Timo. Er weiß Bescheid, weil er das im letzten Jahr schon gemacht hat. Wenn Ihnen der Auftritt gefallen hat, dann können wir gern weitersehen", hieß es. „Ich gebe Ihnen mal die Telefonnummer von Timo, dann können Sie sich absprechen."

Nachdem Leetje ihr Kostüm in Empfang genommen, und auch die Uhrzeit und die Anschrift des Kindergartens erhalten hatte, wurde sie entlassen. Ehe sie sich versah stand sie wieder auf der dick verschneiten Straße. Eva war hellauf begeistert, als Leetje ihr abends von dem Besuch in der Jobagentur berichtete.

„Ach, wie gern wäre ich dabei!", meinte sie bedauernd. „Und Du musst mir unbedingt erzählen, wie es gelaufen ist. Hast Du Deinen Weihnachtsmann schon kontaktiert?"

„Ja, ich habe ihn angerufen. Wir treffen uns eine Viertelstunde vor dem Auftritt im Kindergarten. Dort können wir uns umziehen. Ich möchte ungern als Engel verkleidet mit der Straßenbahn durch die halbe Stadt gondeln."

Eva kicherte. „Warum nicht, das wäre doch mal ein Gag", meinte sie.

Und dann war es soweit. Als Leetje beim Kindergarten ankam, erwartete Timo sie schon vor der Eingangstür.

„Hallo, ich bin Timo, und Du musst Leetje sein", begrüßte er sie. „Meiner Freundin darf ich gar nicht erzählen, welch hübscher Engel mir da zugeflogen ist."

Leetje lachte, durch seine freundlichen Worte war ihr Lampenfieber wie weggeblasen. Am Ende hatte ihr erster Auftritt mit Timo bestens geklappt, und die Kinder waren begeistert von dem Gespann.

„Na, hat es Dir Freude gemacht?", fragte Timo, nachdem die Kinder ihnen zum Abschied ein einstudiertes Lied vorgesungen hatten und nun ihre Geschenktüten auspacken durften.

„Doch, die Kleinen sind wirklich süß", bestätigte Leetje.

Das war leicht verdientes Geld, fand sie. Und so sagte sie zu, als sie das Angebot bekam, mit Timo zusammen noch in zwei weiteren Kindergärten und auf drei Betriebsfeiern aufzutreten. Anschließend hatte sie garantiert genug Geld beisammen, um ihren Lieben zuhause ein paar Geschenke kaufen zu können.

„Ich glaube, das mache ich im nächsten Jahr wieder", vertraute sie Eva an.

Sie freute sich unglaublich auf die Feiertage zuhause. Mit dieser Vorfreude hatte sie Eva angesteckt, die ihren Eltern inzwischen gesagt hatte, dass sie Weihnachten in diesem Jahr auswärts feiern würde.

„Ich glaube, meine Eltern waren sogar ganz froh darüber", vertraute sie Leetje an. „Dann müssen sie nicht so tun, als wäre alles Friede, Freude, Eierkuchen!", setzte sie ironisch hinzu.

„Meine Familie freut sich jedenfalls auf Weihnachten – und natürlich auf Dich auch!", versicherte ihr Leetje und nahm Eva in den Arm. „Du wirst sehen, wir machen es uns so richtig gemütlich."

Eva nickte getröstet. Eine heile Familie, das hatte sie sich schon lange gewünscht. In diesem Jahr würde sie es erleben, wenn auch nur als Gast.

Der Zaungast

Leetje und Eva hatten sich an der Uni kennen gelernt. Leetje hatte drei jüngere Geschwister, Eva wiederum war Einzelkind. Ihre Eltern waren recht wohlhabend, aber in ihrem Elternhaus fehlte es leider an Nestwärme. So hatte Leetje ihre Freundin Eva schnell dazu überreden können, die Weihnachtsfeiertage in diesem Jahr bei ihr und ihrer Familie zu verbringen. Nun waren beide Mädchen aufgebrochen, um die Reise in den Norden zu machen. Als sie im Zug saßen, forderte Eva ihr Freundin zum wiederholten Male auf: „Erzähl mir von Deiner Familie."

Leetje winkte lachend ab. „Du hast schon so viel darüber gehört, was soll ich Dir noch erzählen? Du wirst uns ja bald alle live erleben!"

„Trotzdem, ich möchte so gern dazugehören – wenigstens ein bisschen", antwortete Eva.

„Aber das tust Du doch längst", versicherte ihr Leetje.

„Meinst Du wirklich, dass Deine Eltern und Geschwister mich mögen werden?"

„Na klar, Du hast so eine warmherzige Art, und außerdem darfst Du nicht vergessen, Du bringst ihnen jede Menge Geschenke mit, wie sollten sie Dich da nicht mögen?"

Sie hatte Eva in ihrem Kaufrausch regelrecht bremsen müssen. So teure Geschenke wie Eva sie für ihre Eltern und die Geschwister ursprünglich aussuchen wollte, gab es in ihrer Familie nicht. Nur mit Mühe hatte sie Eva davon abhalten können, in einem Kaufhaus die halbe Spielzeugabteilung für ihren jüngeren Bruder und die Zwillingsschwestern leer zu kaufen. Außerdem wusste Leetje genau, das wäre ganz bestimmt nicht im Sinne ihrer Eltern gewesen. Eva tat ihr leid. Sie war so unkompliziert und freundlich, steckte aber dennoch voller Komplexe. Wieder dachte Leetje daran, wie unbeschwert und glücklich ihre eigene Kindheit dagegen gewesen war.

„Am meisten freue ich mich auf Euren Hund", überlegte Eva gerade. „Ich hätte zu gern ein Haustier gehabt, und wenn es nur ein kleiner Vogel gewesen wäre, aber das gab es bei uns nicht. Tiere machen zu viel Schmutz, hat meine Mutter immer gesagt."

„Unser Benito ist ein Familienmitglied. Er ist ja nicht mehr der Jüngste, aber immer noch sehr lebhaft, das habe ich Dir ja schon erzählt", lachte Leetje. „Und bei vier Kindern im Haushalt, da kann man ohnehin nicht pingelig sein", setzte sie hinzu.

Sie freute sich auf Zuhause. Seit mehr als einem halben Jahr war sie nicht daheim gewesen. Leetje vermisste ihr kleines Dorf und vor allem ihre Familie.

Schon von weitem sah Leetje, dass ihr Vater, mit Benito an der Leine, auf dem Bahnhof stand und sich suchend umschaute. So griffen Eva und sie eilig nach ihren Reisetaschen und sprangen aus dem Zug, der mit quietschenden Bremsen anhielt. Benito zerrte an seiner Leine und wollte gleich auf sie zustürmen, wurde aber von ihrem Vater zurückgehalten, bevor er in seinem Eifer vor lauter Freude womöglich noch andere Reisende umwarf. Eva strahlte, als Benito, nach Leetje, auch an ihr hochsprang, um sich von den beiden jungen Frauen ausgiebig knuddeln zu lassen.

„Herzlich Willkommen liebes Fräulein Eva", begrüßte Leetje´s Vater sie.

„Vielen Dank, dass ich die Feiertage bei Ihnen verbringen darf, aber bitte nennen Sie mich doch einfach nur Eva."

Leetje´s Mutter hielt sich gar nicht erst mit solchen Förmlichkeiten auf. Sie nahm Eva in den Arm und begrüßte sie ebenso unbefangen, wie ihre Tochter.

„Schön, dass Ihr da seid", sagte sie. „Die Kleinen sind zum Glück noch in der Schule. Ihr könnt erst mal in Ruhe auspacken."

„Deine Eltern sind wirklich lieb", stellte Eva fest, als sie von Leetje in ihr Zimmer geführt wurde.

„Meine Mutter hat in meinem Kleiderschrank eine Seite für Deine Sachen frei geräumt, darum hatte ich sie gebeten. Und wie Du siehst, hat sie die Schlafcouch auch für Dich vorbereitet. Oder würdest Du lieber in meinem Bett schlafen?", erkundigte sich Leetje.

„Nein, danke, die Couch sieht recht bequem aus", winkte Eva ab.

Wenig später hörten sie Leetje´s Bruder Henk die Treppe hoch poltern. Dann wurde die Tür aufgerissen und er stürzte in ihre weit geöffneten Arme. Auch Eva wurde von ihm freundlich begrüßt.

„Prima, dass Ihr da seid!", rief er. „Die Zwillinge müssen auch gleich hier sein, dann gibt's Mittagessen. Ich habe schon einen Mordshunger, Ihr doch sicher auch oder?", fragte er erwartungsvoll.

„So geht es bei uns immer zu, daran wirst Du Dich gewöhnen müssen", erklärte Leetje ihrer Freundin.

Sie befürchtete, dass Eva der Trubel in ihrer Familie zu viel werden könnte, aber das Gegenteil schien der Fall zu sein. Eva strahlte Henk an und antwortete ihm: „Klar, und auf die norddeutsche Küche bin ich schon sehr gespannt!"

„Euch zu Ehren gibt es heute einen Braten, und im Kühlschrank habe ich eine große Schüssel mit Pudding gesehen", verriet Henk.

„Ah, jetzt sind Jette und Jule gekommen!", rief er, während er eilig die knarrende Holztreppe Stufe für Stufe wieder hinunter hopste. „Bis gleich."

Die Zwillingsmädchen fand Eva ebenfalls reizend. Überhaupt schien sie sich zu Leetje´s

Erleichterung in ihrer Familie sehr wohl zu fühlen.

„Wollen wir heute Nachmittag auf den Weihnachtsmarkt gehen?", fragte Jette.

„Gibt es hier sowas?"

„Nicht bei uns im Dorf, aber in unserer Kreisstadt. Der ist wirklich stimmungsvoll", meinte Leetje.

„Oh ja, gern!", stimmte Eva zu.

Nach dem reichhaltigen Essen wurde erst mal eine kleine Pause eingelegt, und als es zu dämmern begann, brach die ganze Familie zum Weihnachtsmarkt auf – bis auf Leetje´s Vater. Er wollte lieber den Weihnachtsbaum aufstellen, der dann nach ihrer Rückkehr gemeinsam geschmückt werden sollte.

„Zum Glück bleibt er hier, im Auto ist es schon eng genug", sagte Henk vorwitzig, was ihm einen strafenden Blick seiner Mutter einbrachte. „Ist doch wahr", murmelte er, hielt dann aber den Mund. Seine Mutter hatte es trotzdem gehört und kommentierte seine unfreundliche Bemerkung mit den Worten: „Denk dran, morgen ist Heiligabend. Möchtest Du vielleicht auf eines Deiner Geschenke verzichten?"

Alle lachten, und danach war der Vorfall schnell wieder vergessen. An ihrem Ziel angekommen, wurde eine Zeit für die Rückfahrt ausgemacht, und anschließend trennten sich ihre Wege für eine Weile. Alle Buden auf dem Marktplatz waren festlich geschmückt und luden zum Bummeln ein. Eva konnte sich gar nicht sattsehen, an der wundervollen Kulisse dieser kleinen ostfriesischen Stadt. Die alten Kaufmanns- und Kapitänshäuser waren samt und sonders sehr gepflegt und ebenfalls weihnachtlich geschmückt.

„Hier kann man sich wirklich wohlfühlen", sagte sie verträumt.

„Nach den Feiertagen können wir jederzeit noch mal hierherkommen. Wir bleiben ja noch eine Weile", plante Leetje. „Es gibt in meiner Heimat vieles, was ich Dir gern zeigen würde."

„Meinst Du, Deine Familie erträgt mich so lange?"

„Ach Unsinn, was redest Du denn da. Alle mögen Dich, und Benito folgt Dir ja ohnehin auf dem Fuße, seitdem Du gleich auf dem

Bahnhof ein Leckerchen für ihn aus der Manteltasche gezogen hast."

„Na dann…", freute sich Eva.

Die beiden Freundinnen schauten sich alles an und gönnten sich einen Eierpunsch, bevor ein Blick zur Uhr Leetje zeigte, dass sie sich schleunigst auf den Weg zum Parkplatz machen sollten. Ihre Mutter wartete nicht gern, das wusste sie.

„Wollen wir zum Abschluss alle noch eine Bratwurst oder einen Crêpe essen?", fragte sie, als die beiden Mädchen angeschlendert kamen.

„Au ja", rief Henk sofort.

„Das ist eine gute Idee", fanden auch Jule und Jette.

Also machte sich die ganze Gruppe noch einmal auf den Weg, bevor es zurück nach Hause ging. Dort wurden sie von Benito und dem Hausherrn schon ungeduldig erwartet.

„Na, Ihr habt ja lange ausgehalten", meinte er.

„Keine Sorge, wir haben Dir eine Bratwurst mitgebracht", verkündete seine Frau. „Wollt Ihr den Baum heute noch schmücken oder lieber morgen früh?"

Die Zwillinge waren dafür, es gleich zu tun, während Henk eine Schnute zog. „Lieber morgen früh, ich hab noch einiges zu erledigen", sagte er vage.

Seine Mutter lachte, sie kannte ihren Sohn nur zu gut. Sicher war er mit seinen weihnachtlichen Basteleien noch nicht fertig geworden.

„Gut, dann können die Kinder das morgen früh machen", entschied sie, weil sie gesehen hatte, dass auch Eva verstohlen gähnte. So eine große, fröhliche Familie hätte ich auch gern gehabt; das war ihr letzter Gedanke, bevor sie einschlief.

Der Heilige Abend begann ebenso trubelig, wie der Tag zuvor geendet hatte. Nach einem ausgiebigen Familienfrühstück wurde der Weihnachtsbaum von allen gemeinsam geschmückt, wobei es viel Gelächter gab.

„Du bist unser Gast, deshalb darfst Du am Schluss den Engel in die Spitze hängen", forderte Jette Eva auf.

Unter den Blicken aller Anwesenden kam sie dieser „Pflicht" nur zu gern nach. Allerdings hing er etwas schief am Tannenbaum, weil Eva nicht groß genug war, um ihn gerade an seinen Platz zu bringen. Großzügig half Leetje's Vater nach. Nun schwebte der alte Rauschgoldengel anmutig in luftiger Höhe, so wie es sich gehörte.

„Der ist von unserer Oma, als sie noch ein kleines Mädchen war", wurde sie von Jule aufgeklärt.

„Wirklich?", staunte Eva. „Dann muss er ja schon recht alt sein."

„Das ist er auch, deshalb müssen wir ganz vorsichtig mit ihm umgehen", stimmte Jette ernsthaft zu.

Sie schien die ruhigere der Zwillingsmädchen zu sein. Nachdem der Tannenbaum fertig geschmückt war, wurde das „Jungvolk", wie Leetjes Vater sie alle scherzhaft nannte, in ihre Zimmer geschickt.

„Wehe, Ihr lasst Euch blicken, bevor ich es erlaube!", drohte er lächelnd.

„Jetzt bringen meine Eltern die Geschenke ins Wohnzimmer", klärte Leetje ihren Gast auf, deshalb sollen vor allem die Kleinen in ihren Zimmern bleiben."

Eva prustete vor Lachen laut los: „Lass das nur nicht Deine Geschwister hören, die würden Dir was erzählen, wenn Du Jule und

Jette mit zehn, und Henk als zwölfjährigen, noch als klein bezeichnest", meinte sie amüsiert.

„Da hast Du natürlich recht", gab Leetje zu. „Aber für meine Eltern sind und bleiben wir alle lebenslänglich die Kleinen, das kannst Du mir glauben!"

„Klar doch!", gluckste Eva.

Dieses Weihnachtsfest war so ganz anders, als alle vorigen, die sie erlebt hatte. Die Verbannung in das Zimmer von Leetje nutze sie, um ihre Eltern anzurufen, um ihnen ebenfalls frohe Feiertage zu wünschen.

„Fühlst Du Dich wohl? Schließlich sind das fremde Leute für Dich", erkundigte sich ihre Mutter, die sich letztlich doch ein wenig pikiert gezeigt hatte, als Eva ihr erklärt hatte, das Weihnachtsfest in diesem Jahr statt zuhause lieber bei ihrer Freundin Leetje verbringen zu wollen.

„Doch sehr", versicherte Eva. „Leetje´s Familie ist total lieb und hat mich gleich sehr herzlich in ihrer Mitte aufgenommen."

Mit Grüßen an ihren Vater beendete sie das Gespräch schnell, weil sie keine Lust hatte, sich von ihrer Mutter in Diskussionen verwickeln zu lassen.

„So, das ist erledigt", wandte sie sich an Leetje, die sich bewusst bemüht hatte, sich mit etwas anderem zu beschäftigen, um nicht den Eindruck zu erwecken, dem Gespräch lauschen zu wollen.

Pünktlich, am frühen Nachmittag, brachen alle zum Familiengottesdienst auf. Leider war das Wetter wenig weihnachtlich. Ein feiner Nieselregen fiel auf sie herunter, sodass alle nach ihren Regenjacken gegriffen hatten.

„Das ist hier leider oft der Fall. Schnee gibt es nur selten", meinte Leetje fast entschuldigend.

„Keine Sorge, den vermisse ich nicht wirklich", antwortete Eva.

Schon von weitem sahen sie die hell erleuchtete Kirche. Durch die geöffnete Eingangstür fiel Eva´s Blick als erstes auf den großen mit Strohsternen, bunten Kugeln und echten Kerzen geschmückten Tannenbaum. Vor allem die Nachbildung des alten Segelschiffes, das an der Decke hing, begeisterte sie. Verzückt schaute sie es an und hauchte: „Wie schön."

„Ja, nicht? Solche Schiffe hängen in dieser Region in vielen Kirchen", erklärte Leetje ihr flüsternd. „Früher bestand die Bevölkerung hier ja überwiegend aus Fischern und ihren Familien."

Nach dem Gottesdienst strebten alle in großer Eile nach Hause, wo sie von Benito schon ungeduldig erwartet wurden. Nachdem das Silberglöckchen zur Bescherung gerufen hatte, durfte er endlich auch wieder ins Wohnzimmer. Natürlich lag auch für ihn etwas unter dem Weihnachtsbaum. Er bekam einen großen Kauknochen, mit dem er sich gleich in eine ruhige Ecke verzog, um sich ausgiebig damit zu beschäftigen. Laut jubelnd stürzten sich die Zwillinge auf ihre Geschenke, und auch Henk gelang es nicht länger, sich zurückzuhalten. Leetje´s Eltern standen daneben und beobachteten das Geschehen lächelnd. Nachdem alle ihre weihnachtlichen Gaben ausgepackt, sie gegenseitig bewundert hatten und endlich etwas Ruhe einkehrte, fragte Leetje ihre Freundin leise: „Hast Du es Dir so ähnlich vorgestellt?"

„Es ist noch viel schöner, als ich es mir in Gedanken ausgemalt habe", antwortete Eva. Dabei glitzerte es verdächtig in ihren braunen Augen. Leetje nickte zufrieden. Sie nahm sich vor, es sollte nicht das letzte Weihnachtsfest sein, zu dem sie Eva einladen würde.

Die Wende

Daniel war noch nicht lange „auf Platte", wie die anderen Tippelbrüder ihr karges Leben bezeichneten. Bisher hatte er nicht viel Glück im Leben gehabt. Durch eine leichte körperliche Beeinträchtigung war es ihm leider nicht mehr möglich gewesen, seine Ausbildung als Schreiner durchzuhalten. Deshalb schlug er sich mit Gelegenheitsjobs durch. Nachdem seine letzte Firma Insolvenz anmelden musste, und er dadurch seine Arbeit verloren hatte, war auch seine Freundin, bei der er bisher gewohnt hatte, nicht mehr bereit gewesen sich mit einem Looser wie ihm zu belasten. So hatte sie ihn kurzerhand vor die Tür gesetzt. Einen neuen Arbeitsplatz hatte er so schnell nicht gefunden, und die Suche nach einer bezahlbaren Wohnung hatte er ebenfalls bald aufgeben müssen. So war Daniel letztlich auf der Straße gelandet. Im Sommer war das noch erträglich gewesen, aber als die Tage kühler wurden, überkam ihn immer häufiger die Sehnsucht nach einem geregelten Leben. Viele Obdachlose suchten Trost im Alkohol, aber das war noch nie sein Ding gewesen, deshalb hielt er sich lieber von ihnen fern. So streifte er auf seinem alten Fahrrad, seinem kostbarsten Besitz, meistens allein durch die Gegend und suchte sich mal hier und mal dort einen Platz für die Nacht. Ab und zu ging er auch zur Bahnhofsmission, um dort ein Bett zu ergattern. Jetzt, im Advent, fühlte er sich besonders einsam. Vor einigen Tagen hatte er neben einem Bushäuschen einen jungen Hund gefunden. Das Kleine war an einer Straßenlaterne angeleint und fiepte kläglich. Erst dadurch war Daniel auf das arme Kerlchen aufmerksam geworden. Als er näher kam, sah er, dass neben dem Tier ein Karton stand. Darin befanden sich einige Dosen mit Hundefutter, zwei Näpfe und eine Nachricht. In ungelenker Schrift stand dort:

Ich heiße Johnny. Mein Herrchen kann mich leider nicht behalten. Wirst Du Dich um mich kümmern?

Daniel war entsetzt. Wie konnte man einem Tier so etwas antun? Er streichelte den kleinen Hund vorsichtig und holte eine Flasche Mineralwasser aus seinem Rucksack.

Aus der hohlen Hand gab er dem Hund etwas zu trinken. Der zögerte nicht und stillte auf diese Weise so gut er konnte seinen Durst. Danach sah er erwartungsvoll zu Daniel hoch. Die traurigen Augen des Hundes rührten ihn zutiefst.

„Viel kann ich Dir nicht bieten, aber ich lasse Dich bestimmt nicht allein hier zurück", versprach Daniel ihm spontan und löste die Leine, um ihn mitzunehmen. Der Hund schien genau zu verstehen, worum es ging, denn er folgte seinem neuen Herrchen ohne Probleme. Seitdem wich er Daniel nicht mehr von der Seite und schlief auch nachts eng an ihn geschmiegt. So gaben sich die beiden gegenseitig Halt. Heute war es besonders kalt und Schneeflocken wirbelten durch die Luft. In der Hoffnung auf eine kleine Spende hatte Daniel sich mit Johnny neben die Eingangstür des großen Kaufhauses gesetzt, aber die meisten Menschen hasteten achtlos an ihnen vorbei. Viele hatten Geschenke für ihre Lieben gekauft und trugen große Tüten in der Hand. Eine ältere Dame schenkte Daniel ein belegtes Brötchen und wünschte ihm alles Gute. Besser als nichts, dachte er und nahm diese milde Gabe dankend entgegen. Als die Geschäfte schlossen und die Stadt sich zusehends leerte, machte Daniel sich mit Johnny auf den Weg, um für sie beide ein geschütztes Plätzchen zum Schlafen zu suchen. Unterwegs fiel sein Blick auf ein Plakat in einem Schaufenster. Darin wurden alle, die Heiligabend nicht allein sein wollten, freundlich dazu aufgefordert, sich hier einzufinden, um gemeinsam mit anderen einsamen Menschen Weihnachten zu feiern. Es war ein neues Café, das ausschließlich von ehrenamtlichen Mitarbeitern betrieben wurde. Der Raum war mit zusammengewürfelten Möbeln eingerichtet, aber er machte dennoch einen sehr gemütlichen Eindruck, zumal die Tische mit Kerzen und viel Tannengrün weihnachtlich geschmückt waren. Dort konnte man sich bei Kaffee und Kuchen stärken, notfalls sogar ohne zu bezahlen. Jeder gab einfach, was er konnte. Lediglich eine Spendenbox stand auf der Theke. Von diesem Café hatte er schon einmal gehört. Wer am Heiligen Abend an der Weihnachtsfeier teilnehmen wollte, wurde darum gebeten, sich anzumelden, denn die Plätze waren begrenzt.

Tief in Gedanken versunken, ging Daniel weiter. Sollte er es wagen? Aber das ging natürlich nur, wenn er Johnny mitnehmen durfte. Er würde seinen kleinen Freund keinesfalls irgendwo allein zurücklassen. Am nächsten Tag ging er mit Johnny wieder in die Stadt. Da das Café erst am Nachmittag geöffnet wurde, setzte er sich noch einmal auf den Marktplatz und bat mithilfe eines Pappschildes die Vorübergehenden um eine kleine Gabe. Hin und wieder fiel eine Münze oder gar ein Schein in sein aufgestelltes Körbchen. Dann kam eine Dame und fragte ihn, ob sie seinen Hund streicheln dürfe.

„Natürlich, er heißt Johnny und ist sehr brav. Ich habe ihn gefunden. Jemand hat ihn an einer Bushaltestelle ausgesetzt, vermutlich in der Hoffnung, dass er dort relativ schnell gefunden würde", erzählte er ihr.

Daraufhin streichelte sie Johnny liebevoll, zückte anschließend ihr Portemonnaie und drückte Daniel einen größeren Geldschein in die Hand.

„Davon kaufen Sie bitte Hundefutter und auch für sich eine anständige Mahlzeit", sagte sie mitleidig, bevor sie sich eilig verabschiedete.

Daniel hatte kaum noch Gelegenheit sich entsprechend zu bedanken. Es gab wirklich noch nette Leute, fand er. Später machte er sich mit Johnny zusammen auf den Weg in das Café, um zu fragen, ob er auch mit seinem Hund am Heiligabend dort willkommen sein würde. Die nette junge Dame, die ihm einen Platz angeboten und ungefragt eine Tasse Kaffee und ein Stück Kuchen serviert hatte, fragte nach seinem Namen und bestätigte ihm, dass sie ihn gern mit auf die Gästeliste setzen würde.

„Und für so einen gut erzogenen Hund wie Johnny findet sich bestimmt auch ein Plätzchen", versprach sie ihm lächelnd.

Sie winkte ab, als sie sah, dass Daniel verlegen in seiner Tasche nach Kleingeld suchte, um ein paar Münzen in die Spendenbox zu werfen.

„Lassen Sie es für heute gut sein", sagte sie.

Glücklich wie selten machte sich Daniel mit Johnny an diesem Tag auf den Weg zu seinem Schlafplatz.

Als am 24. Dezember am Nachmittag die Kirchenglocken den Heiligabend einläuteten, fühlte Daniel sich seltsam beschwingt. Mit Johnny konnte er keinen Gottesdienst besuchen, selbst wenn der Kleine noch so ruhig war, aber er wusste, er würde den Abend nicht allein verbringen müssen. Der Gedanke daran gab ihm ein gutes Gefühl. Er hatte seine besten Sachen kürzlich in einen Waschsalon gebracht und so fühlte er sich für diesen Anlass ausreichend gerüstet, als er sich am frühen Abend mit Johnny auf den Weg ins Café machte. Ein paar Leute waren schon da, als die beiden dort ankamen. Die junge Dame, die er bei seinem ersten Besuch kennengelernt hatte, eilte auf ihn zu und stellte ihn den Anwesenden vor. Alle waren sehr nett zu ihm und Johnny, so legte sich seine Nervosität sehr bald. Niemand erkundigte sich nach seiner Herkunft oder stellte ihm andere peinliche Fragen. Hier saß Daniel einfach nur mit Gleichgesinnten an einem festlich gedeckten Tisch und genoss mit ihnen einen wunderbaren Weihnachtsabend. In einer Ecke strahlten die Kerzen am Weihnachtsbaum und im Hintergrund lief leise eine Platte mit Weihnachtsliedern. Johnny hatte schon ein Schälchen mit Wasser erhalten und auch an

Futter für ihn hatten die netten Damen, die den Abend gestalten wollten, gedacht. So konnte Daniel die mitgebrachte Dose Hundefutter in seinem Rucksack lassen. Er fühlte sich in dieser Gesellschaft sehr wohl, und bald lag auch Johnny gesättigt und zufrieden zu seinen Füßen. Eine der Mitarbeiterinnen begrüßte ihre Gäste sehr herzlich und kündigte für später eine Überraschung an. Dann wurde ein köstliches Abendessen serviert. So gut hatte Daniel schon lange nicht mehr gegessen. Nach dem Essen wurden große Warmhaltekannen mit Tee und Kaffee auf den Tischen verteilt und große Teller mit verschiedenen Plätzchen dazugestellt.

„Bitte greift alle tüchtig zu", wurden sie aufgefordert.

Die meisten Gäste ließen sich nicht lange bitten und folgten dieser freundlichen Aufforderung nur zu gern. Die Stimmung war glänzend, und als die Eingangstür noch einmal aufging, verstummten die angeregten Gespräche und alle schauten dorthin.

„Da ist ja endlich meine angekündigte Überraschung", rief eine der Organisatorinnen dieses Abends und begrüßte ein Paar, das neu hinzugekommen war.

„Das ist eine gute Freundin von mir. Sie schreibt Bücher, unter anderem hat sie Weihnachtsgeschichten veröffentlicht. Sie ist heute hier, um uns damit eine Freude zu machen."

Daniel stockte der Atem, das war doch die großzügige Dame, die ihm den Geldschein in Hand gedrückt hatte, damit er für sich und Johnny eine gute Mahlzeit kaufen sollte. Auf einmal fühlte er sich unbehaglich.

„Ach, wie nett", sagte eine ältere Dame, die neben ihm am Tisch saß. Ihr war sein jäher Stimmungsumschwung zum Glück noch gar nicht aufgefallen.

Alle Gäste sahen erwartungsvoll zu den Neuankömmlingen. Nachdem die Autorin und ihr Begleiter vorgestellt worden waren, ging es gleich zur Sache. Sie las drei Geschichten vor und setzte sich dann mit ihrem Ehemann an einen der Tische, um mit den Gästen einen kurzen Plausch zu halten. So kam sie auch an den Tisch, an dem sich Daniel niedergelassen hatte.

„Wir kennen uns doch", wandte sie sich an

ihn.

„Ja", stimmte er wortkarg zu.

„Wie geht es Ihnen und wo ist Ihr Hund?"
Johnny hatte offenbar ihre Stimme erkannt,
denn plötzlich begann er leise zu winseln und
schob sich unter dem Tisch hervor.

„Ach, wie schön, Du bist ja auch da", wurde
er freundlich begrüßt, woraufhin Johnny
begeistert mit dem Schwanz wedelte.

„Als wir uns zum ersten Mal begegnet sind,
hatte ich wenig Zeit, aber ich bin am nächsten
Tag noch einmal wiedergekommen. Leider
waren Sie und Johnny nicht da. Mein Mann
hat eine Firma, und wir brauchen jemand, der
sich als Hausmeister um kleinere Reparaturen
kümmert, Botengänge macht und dergleichen
mehr. Es ist kein anspruchsvoller Job, und wir
können Ihnen auch kein fürstliches Gehalt
zahlen, aber ein kleines Appartement auf dem
Firmengelände gehört dazu. Hätten Sie
womöglich Interesse daran?"
Daniel mochte es kaum glauben, aber er
zögerte nicht und stimmte freudig zu.

„Sehr schön, dann kommen Sie doch bitte
direkt nach den Feiertagen zu uns. Dann
schauen Sie sich alles an und entscheiden

endgültig, ob der Job für Sie infrage kommt", bat sie und gab ihm die Anschrift. Daniel konnte sein Glück kaum fassen! Dieser Heilige Abend bedeutete eine Wende in seinem Leben und er war fest entschlossen diese unerwartete Chance für sich und Johnny zu nutzen.

Der Weihnachtsmann und der fliegende Teppich

Wie jedes Jahr in der Vorweihnachtszeit herrschte im Himmel Hochbetrieb. Und auch wie immer, hatten die Engel und der Weihnachtsmann es geschafft, die vielen Wünsche der Kinder zu bearbeiten und, so gut sie konnten, fast alle erfüllt. So wartete am Heiligen Abend ein riesiger Berg an Geschenken, die der Weihnachtsmann den Kindern auf der Erde bringen wollte. Für diese Reise hatte er seine Rentiere im Stall solange gestriegelt, bis ihr Fell wie Seide glänzte und sie anschließend vor seinen Schlitten gespannt. Einige größere Engel waren gerade dabei, den Schlitten mit den letzten Päckchen zu beladen, als Frau Weihnachtsmann zu ihm trat und ihm für unterwegs eine Thermoskanne mit heißem Tee und eine Tüte voll Plätzchen reichte. Der Weihnachtsmann bedankte sich mit einem Kuss bei ihr und brummte liebevoll: „Wenn ich Dich nicht hätte, Du denkst immer an alles – vielen Dank!"

Dann schwang er sich auf den Schlitten, griff

nach den Zügeln und rief: „Ho ho ho!"
Gehorsam zogen die Rentiere an, aber dann geschah es. Mit lautem Getöse brach der alte Schlitten auseinander und sämtliche große und kleine Päckchen purzelten auf einmal wild durcheinander.

„Herrje, verflixt und zugenäht!", rief der Weihnachtsmann zornig und sprang sofort vom Kutschbock.

„Was machen wir denn nun?", fragte Petrus besorgt.

Auch die Engelschar war erschrocken. Ein kleiner Engel begann sogar zu weinen. Weihnachten ohne Geschenke? Was würden die Kinder sagen? So schnell konnte der riesige Schlitten sicher nicht repariert werden. Während die meisten Himmelsbewohner noch ratlos vor dem riesigen Päckchenberg standen, hatte Frau Weihnachtsmann eine Idee. Sie ist eine sehr patente Frau und hat ihren Mann schon öfter aus brenzligen Situationen gerettet. Nachdem sie ihren ersten Schreck überwunden hatte, sagte sie: „Wie wäre es, wenn Du die Geschenke in diesem Jahr mithilfe des fliegenden Teppichs verteilen würdest? Soweit ich weiß, gibt es einen im

Märchenland."

„Stimmt", erinnerte sich Petrus.

Der Weihnachtsmann war skeptisch, aber eine bessere Idee hatte er auch nicht. Natürlich mochte er die Kinder auf der Erde nicht enttäuschen, daher stimmte er schließlich zu. Petrus rief seinen schnellsten Engel herbei und bat ihn darum, gleich ins Märchenreich zu reisen und Aladdin, den Besitzer des fliegenden Teppichs, darum zu bitten, ihm das gute Stück für den Weihnachtsmann zu leihen. Der Engel Ambrosius empfand diesen Auftrag als sehr große Ehre und versprach, sein Möglichstes zu tun. Er breitete seine Flügel aus und flog sofort los. Nun hieß es warten. Die Rentiere wurden wieder abgeschirrt und zurück in den Stall gebracht. Auch die Engelschar zerstreute sich nach und nach.

Ambrosius flog so schnell er konnte, aber als er im Märchenreich ankam, waren einige Stunden vergangen. Nur gut, dass am Heiligen Abend die Zeit für eine Weile stillsteht. Wir Menschen bemerken das gar nicht, aber wie könnte der Weihnachtsmann es sonst nur schaffen, alle Geschenke rund um den Erdball pünktlich auszuliefern? Nachdem es Ambrosius endlich gelungen war, Aladdin zu finden, schilderte er ihm aufgeregt die Not des Weihnachtsmannes. Zu seinem Glück war der gutmütige Aladdin sofort bereit, dem Weihnachtsmann aus der Patsche zu helfen.

„Allerdings muss ich Dich warnen, mein Teppich ist manchmal ein wenig eigensinnig und dann braucht er klare Ansagen. Aber schimpfen darf man nicht mit ihm, dass macht alles nur noch schlimmer."

Dann flüsterte er Ambrosius das Zauberwort ins Ohr, mit dem er den Teppich zum Fliegen bringen sollte und verriet ihm auch wie man ihn zum Landen bewegen konnte.

„Du bist sehr freundlich, weil Du mir Deinen kostbaren Teppich anvertraust. Ich danke Dir und werde ihn zurückbringen, sobald der Weihnachtsmann von der Erde zurückgekehrt ist", versprach Ambrosius.

„Das ist nicht nötig, mein Teppich wird von allein zurückfinden, sobald er seine Pflicht erfüllt hat", erklärte Aladdin.

Dann nahm Ambrosius auf dem fliegenden Teppich Platz, sprach das Zauberwort und schon erhob sich der Teppich gehorsam mit ihm in die Lüfte. Solange Aladdin ihnen nachsah, benahm der Teppich sich absolut mustergültig, und Ambrosius war sehr zufrieden. Aber kaum war sein Herr außer Sicht, begann der fliegende Teppich mit Ambrosius seinen Schabernack zu treiben. Er flog weit hoch über die Wolken hinaus und sauste plötzlich in rasender Geschwindigkeit wieder in die Tiefe. Der arme Ambrosius hatte große Mühe sich festzuhalten. Er war heilfroh, als das große Himmelstor in Sicht kam, denn ab dem Moment benahm sich der Teppich wieder vollkommen normal.

„Dass Du in diesem Jahr dem lieben Weihnachtsmann helfen darfst die Geschenke zu den Kindern zu bringen, das ist eine große Ehre für Dich, also benimm Dich ordentlich", wies Ambrosius den fliegenden Teppich zurecht und hoffte, der Weihnachtsmann würde besser mit seinem Ersatzgefährt zurechtkommen als er. Schnell kamen die anderen Engel angelaufen, um nun den fliegenden Teppich mit den Geschenken zu beladen. Auch der Weihnachtsmann half dabei, und seine Frau, die ihm inzwischen frischen Tee gekocht hatte, freute sich, dass ihre Idee den Heiligen Abend gerettet hatte.

„Du bist so ein hübscher Teppich", lobte sie. „Deine Farben leuchten und strahlen mit dem Mond und den Sternen am Himmel um die Wette. Sicher wirst Du Deine Sache prima machen. Aber versprich mir, dass Du gut auf den Weihnachtsmann aufpasst!", bat sie, bevor sie zurücktrat, um die Flugbahn frei zu machen.

Die überaus freundlichen Worte von Frau Weihnachtsmann hatten dem fliegenden Teppich sehr gefallen und er fühlte sich außerordentlich geschmeichelt. Nachdem alle Päckchen und Pakete zum zweiten Mal verstaut und festgebunden waren, nahm auch der Weihnachtsmann Platz und sprach das Zauberwort. Der fliegende Teppich ächzte unter der schweren Last, aber er beschwerte sich nicht, weil er wusste, er hatte eine wichtige Aufgabe zu erfüllen. Und, man glaubt es ja kaum, er erlaubte dem Weihnachtsmann ohne Probleme seine Gaben zu verteilen bis auch das letzte Geschenk seinen Besitzer gefunden hatte. Nachdem der Teppich von allen Lasten befreit war, wurde er übermütig und schlug erneut Kapriolen –

vermutlich um dem Weihnachtsmann zu imponieren und ihm zu zeigen, was er konnte. Er flog scharfe Kurven, sauste in die Höhe und drehte einige Loopings, wobei er darauf achtete, dass der Weihnachtsmann nicht gänzlich den Halt verlor. Aber auch, weil er gesehen hatte, dass auf der Erde längst nicht alle Menschen schliefen, sondern einige draußen standen, um das merkwürdige Phänomen oben am Himmel zu betrachten. Sie glaubten allerdings, eine durchgeknallte Sternschnuppe zu sehen, so schnell flog der Teppich. Dem armen Weihnachtsmann verging bei diesem Höllentrip Hören und Sehen. Er schloss die Augen, hielt sich krampfhaft fest, zitterte vor Angst und fragte sich, wie Aladdin das nur aushalten konnte. Der übermütige Teppich wiederum amüsierte sich köstlich über seinen Fluggast.

„Hab Erbarmen", flehte der Weihnachtsmann, und endlich fiel ihm das Zauberwort ein, das ihm seine Frau noch im letzten Moment mit auf den Weg gegeben hatte. Kaum hatte er es ausgesprochen, da wurde der große Teppich augenblicklich sanft und schwebte ganz ruhig dahin. So genoss der Weihnachtsmann den

Rest der Reise sogar ein wenig. Trotz aller Strapazen war er sehr froh, dass die Kinder auch in diesem Jahr nicht vergebens auf ihn gewartet hatten.

„Danke, lieber Teppich", sagte er zum Abschied.

Auch Petrus und seine Engel sahen dem Abflug des Teppichs zu, der zum Erstaunen aller, noch einmal seine Flugkünste zeigte, bevor er endgültig aus ihrem Blickfeld verschwand.

„Kannst Du Dir vorstellen, was ich heute Nacht durchmachen musste?", fragte der Weihnachtsmann seine Frau.

Die nickte lächelnd und antwortete: „Sicher sind Dir die Zauberworte bitte und danke wieder mal ein wenig spät eingefallen. Stimmt´s mein Lieber?"

„Da hast Du leider recht", gab der Weihnachtsmann verlegen zu.

Sein alter Schlitten war ihm eindeutig lieber als so ein rasender Teppich, und er beschloss, den kaputten Schlitten so schnell wie möglich zu reparieren, damit er auf jeden Fall zum nächsten Weihnachtsfest wieder einsatzbereit sein würde. Außerdem wusste er, dass seine

Rentiere enttäuscht waren, denn auch ihnen machte die Reise zur Erde jedes Jahr viel Freude. Und ihre Extraportion Heu, die sollten sie auf jeden Fall auch in diesem Jahr zum Weihnachtsfest erhalten.

Ein verspätetes Weihnachtswunder

„Schwarze Katzen will einfach keiner haben", seufzte die junge Katze traurig. Sie hatte das Gefühl schon sehr lange im Tierheim zu sein. Viel zu lange, fand sie. Die Katzen, mit denen sie das Gehege teilte, hatten in ihrem bisherigen Leben teilweise sehr unterschiedliche Erfahrungen gemacht. Manche hatten früher ein Zuhause gehabt, bevor sie ins Tierheim kamen, weil ihre Menschen fortgezogen oder verstorben waren. Andere waren ausgesetzt oder gar im Müll gelandet, aber gerettet worden. Menschen konnten grausam sein, das wusste sie nur zu gut aus den Erzählungen der anderen Katzen. Aber trotzdem hofften alle Bewohner des Tierheimes dennoch darauf ein liebevolles Zuhause für sich zu finden. Sie selbst war hier geboren worden, aber nach der Geburt von ihr und den drei Geschwistern war ihre kranke Katzenmutter verstorben, die zuvor auf der Straße gelebt hatte. Ihr ausgemergelter Körper hatte diese erneute Strapaze einfach nicht mehr überstanden. Zum Glück hatten die Mitarbeiter des Tierheims die verwaisten

Katzenbabys mit der Flasche aufgezogen. Ihre Geschwister hatten nach und nach nette Menschen gefunden, die sie aufgenommen hatten. Nur sie sie hockte immer noch im Tierheim und wurde von Tag zu Tag trauriger. Es ging ihr hier nicht schlecht, aber natürlich sehnte sie sich ebenfalls nach einem eigenen Zuhause.

Wann immer es möglich war, huschte sie durch die Katzenklappe hinaus auf die kleine Rasenfläche, die vor ihrem Gehege angelegt war. Außer einem hohen Baum gab es dort nicht viel zu sehen, aber die junge Katze schärfte gern ihre winzigen Krallen daran, genau wie die Großen. Außerdem war der hohe Baum mit seinen ausladenden Ästen zum Klettern sehr beliebt. Die älteren Katzen hatten dem Kätzchen viel von der großen Welt da draußen erzählt, deshalb spielte es ab und zu mit dem Gedanken eine Gelegenheit zu suchen, um auszureißen und sich auf eigene Faust ein liebevolles Heim zu suchen.
„Hüte Dich besser davor, auf der Straße leben zu wollen, das ist gefährlich. Man hat so gut wie immer Hunger, und wenn man krank

wird, erhält man von niemandem Hilfe oder wird eingefangen und landet wieder hier im Knast", hatte der große, rot getigerte Kater sie gewarnt.

Er kümmerte sich um sie, nachdem ihre Geschwister nicht mehr da waren. In diesen Wochen herrschte im Tierheim ungewohnte Hektik. Das war der jungen Katze aufgefallen. Außerdem waren viele Mitarbeiter fröhlicher und besser gelaunt als sonst, aber es kamen kaum noch Besucher zu ihnen.

„Es ist Advent und am Heiligen Abend kommt der Weihnachtsmann und bringt den Kindern Geschenke, aber die Erwachsenen beschenken sich untereinander", klärte ihr Freund sie auf. „Früher kamen sogar Leute ins Tierheim und wollten für ihre Lieben ein lebendiges Geschenk mitnehmen. Aber das hat sich nicht bewährt, denn viele Katzen oder Hunde sind nach den Feiertagen schnell wieder zurückgekommen. Seitdem zieht in der Vorweihnachtszeit so gut wie kein Tier mehr um."

„Hast Du den Weihnachtsmann schon mal gesehen?", erkundigte sich die junge Katze.

„Klar", prahlte der rote Tiger. „Es heißt, wer ihn zu Gesicht kriegt, wenn er am Heiligen Abend auf die Erde kommt, der kann sich von ihm etwas wünschen; manchmal geht es sogar in Erfüllung."

Dieser Gedanke ließ die kleine Katze nicht mehr los. Sie wünschte sich so sehr einen Menschen der sie liebhaben würde und den auch sie lieben konnte.

„Wann ist der Heilige Abend?", wollte sie wissen.

„Das wirst Du schon merken, denn dann kriegen wir besonders gutes Futter, und unsere Pfleger gehen früher nach Hause als sonst, weil sie lieber mit ihren Familien Weihnachten feiern möchten."

Immer wieder fragte die junge Katze nach dem Weihnachtsmann und geduldig bemühte sich der rote Kater all ihre Fragen zu beantworten. So fieberte sie nun dem Weihnachtsfest fast so sehr entgegen wie die Menschenkinder. Endlich war es soweit, denn an diesem Vormittag hatten die Mitarbeiter des Tierheims den Baum im Freigehege mit bunten Kugeln und Lichterketten geschmückt.

„Heute ist Weihnachten, aber für uns bedeutet das nicht viel", sagte der rot getigerte Kater.

„Und wann kommt der Weihnachtsmann?"

„Das weiß keiner so genau. Meistens ist es schon dunkel, wenn er mit seinem Schlitten unterwegs ist, um die Geschenke zu verteilen."

„Dann werde ich auf ihn warten", beschloss die kleine Katze, während sich die meisten anderen Tiere, nachdem sie gesättigt waren, schlafen legten. Schnell schlüpfte sie durch die Katzenklappe und kletterte auf den Baum im Freigehege. Der festlich geschmückte Baum gefiel der kleinen Katze sehr. Nach den Kugeln konnte man wunderbar tatzen und sie hin und her schwingen lassen, fand sie. Und die Lichterketten leuchteten hell und strahlten mit den funkelnden Sternen am Himmel um die Wette. Trotzdem war sie wenig später ebenfalls kurz davor die Augen zu schließen und einzuschlafen, als das Wunder geschah. Im Licht des Vollmondes sah sie, wie der große Schlitten des Weihnachtsmannes nahte, der von riesigen Tieren gezogen wurde, die sie noch nie gesehen hatte.

„Hallo Weihnachtsmann", miaute die kleine schwarze Katze verzweifelt, „hier unten bin ich. Bitte hör mich an!"

Der Weihnachtsmann stutzte. Buchstäblich im letzten Moment hatte er ihr leises Stimmchen vernommen und wendete seinen Schlitten. Über ihr blieb er kurz stehen, während die Rentiere ungeduldig mit den Hufen scharrten, weil sie weiterlaufen wollten. Als der Weihnachtsmann die zierliche Katze auf dem Baum hocken sah, überwältigte ihn das Mitleid. Er wusste, dass schwarze Tiere, egal ob Katzen oder Hunde, es von jeher besonders schwer hatten ein Zuhause zu finden. Warum das so war, hatte er allerdings nie verstanden. Er selbst fand gerade schwarze Katzen ganz besonders schön.

„Wie kann ich Dir helfen?", fragte er freundlich.

Die kleine Katze war überglücklich, weil er sie gehört hatte und klagte ihm sogleich ihr Leid: „Mich will niemand haben, weil ich schwarz bin, und meinen rotgetigerten Freund auch nicht. Bitte, lieber Weihnachtsmann, schenk uns beiden ein schönes Zuhause!", bat sie.

Der Weihnachtsmann nickte und versprach: „Ich will sehen, was ich tun kann."

Dann hob er noch einmal seine Hand zum Gruß, und schon flitzten die Rentiere weiter. Wie betäubt saß die Katze noch eine ganze Weile auf ihrem Ast in dem geschmückten Baum, bevor sie unendlich langsam wieder hinunterkletterte und sich ebenfalls schlafen legte. Hatte sie etwa tatsächlich mit dem Weihnachtsmann gesprochen oder war das nur ein schöner Traum gewesen? Am nächsten Tag war sie da nicht mehr so sicher. Aber sie erzählte ihrem Freund, dem roten Kater, von ihrem Erlebnis in der Heiligen Nacht.

„Wir werden ja sehen", antwortete er achselzuckend.

Einige Tage lang geschah nichts. Jetzt war die schwarze Katze sicher, das Ganze nur geträumt zu haben. Wenig später stand eine Familie vor ihrem Gehege. Vater, Mutter und ein blondgelocktes kleines Mädchen schauten zu ihnen herein. Der rote Kater und sie saßen gemeinsam in einer Ecke und beobachteten die drei.

„Du musst Dich zeigen, laut schnurren und ihnen klarmachen, dass Du gern mit ihnen gehen möchtest", riet der Tiger seiner Freundin.

„Aber ich gehe nicht ohne Dich", wandte sie ein.

„Unsinn! Nun mach schon, das ist Deine Chance, ich fühle es."

Mit diesen Worten stupste sie der Tiger sanft vorwärts. Unsicher stakste die kleine Katze langsam los.

„Schau mal Mama, ich glaube, die kleine Katze möchte mitkommen. Sie ist so niedlich mit ihrem schwarzen Pelz und den grünen Augen!"

Die junge Katze konnte es kaum glauben, da war jemand, der sie hübsch fand. Erfreut begann sie zu schnurren.

„Das ist unsere Kitty", erklärte ihnen der Tierpfleger Marcel.

Dann brachte er die Familie in das Gehege und hob Kitty hoch. Er legte sie dem kleinen Mädchen in die Arme. Die streichelte Kitty liebevoll und strahlte. Kitty schnurrte weiter so laut sie konnte.

Lächelnd sahen die Eltern des kleinen Mädchens dabei zu.

„Damit ist es entschieden, Wir nehmen sie mit", hieß es.

„Ich hole nur schnell eine Transportbox", schlug Marcel eifrig vor.

Nun wurde es ernst, aber Kitty bekam plötzlich Angst. Was sollte sie ohne ihren Freund nur tun? Sie begann wie wild in den Armen des Mädchens zu strampeln, solange bis das Kind sie absetzte. Sofort flitzte Kitty wieder zu dem roten Tiger, der ihr zum Abschied tröstend das Köpfchen abschleckte. Das war der Mama des Mädchens nicht entgangen. Und als Marcel mit der Box zurückkam, fragte sie: „Was ist mit dem großen roten Kater dort hinten in der Ecke? Den finde ich auch ganz bezaubernd. Seht nur, wie liebevoll er mit der Kleinen umgeht."

„Das ist Robin, er hat sich oft um Kitty gekümmert. Sicher ist er traurig, dass sie nun fortgeht", antwortete Marcel bedauernd.

Dann bückte er sich und wollte Kitty schnappen, aber sie fauchte ihn so böse an, dass er erschrocken zurückfuhr.

„Ich glaube, wir sollten die beiden nicht trennen", schaltete sich nun der Vater des Mädchens ein. „Wir haben doch genug Platz und einen großen Garten. Sollen wir beide mitnehmen?"

„Oh ja!", rief seine Tochter begeistert.

„Das ist eine gute Idee", fand auch seine Frau, der Robin auf den ersten Blick gefallen hatte.

„Danke! Vielen, vielen, vielen Dank, lieber Weihnachtsmann", maunzte Kitty glücklich.

Natürlich verstand das keiner ihrer neuen Menschen, aber der Weihnachtsmann oben im Himmel schmunzelte. An diesem Tag war er sehr mit sich zufrieden.

Wieder einmal sage ich

Danke, lieber Manfred, weil Du mich immer bei all meinen Buchprojekten und Lesungen unterstützt.

Danke, Gisela Klein,
weil Du seit einiger Zeit meine Geschichten liest und mir hilfst, mögliche Fehler darin aufzuspüren.

Danke, liebe Freundin Susi. Du hast mir die Idee für die Geschichte vom kleinen Engel und Kringel geliefert.

Und nicht zuletzt
danke allen Zuhörern, die mir bei den Lesungen immer wieder viel Erfolg wünschen und mir Mut machen, indem sie mir sagen, dass ihnen meine Bücher gefallen.

Brigitta Rudolf

Brigitta Rudolf lebt mit ihrem Mann und Kater Tiger in einer Kurstadt am Rande des Wiehengebirges. Momentan ist sie dabei, auch ihre dunkle Seite zu entdecken. Das heißt, es wird demnächst weitere Katzen- und auch Hundekrimis geben. Außerdem warten noch etliche andere Projekte auf ihre Veröffentlichung.

Bleiben Sie also gespannt und schauen ab und zu auf die Webseite der Autorin. Dort gibt es zu allen Büchern Leseproben unter

www.brigittarudolf.jimdofree.com

Bisher von Brigitta Rudolf erschienen:

Katze für Anfänger
ISBN 9783 735 774 316

Jonny Appetito, ein Kater wie er im Buche steht
ISBN 9783 734 791 321

Pfötchenspuren
ISBN 9783 741 288 197

Katzenträume
ISBN 9783 744 832 960

Vier schwarze Pfötchen und ein langer Schwanz
ISBN 9783 752 888 072

Ciao Bello
ISBN 9783 749 429 349

Wussten Sie, dass Dornröschen eine Katze hatte?
ISBN 9783 746 091 358

Kriminelle und andere Machenschaften
ISBN 9783 744 823 418

Kleine Lebenssplitter
ISBN 9783 746 089 362

Weihnachten … alle Jahre wieder
ISBN 9783 741 288 197

Engel trifft man überall

ISBN 9783 746 013 855
Weihnachtsglück auf leisen Pfötchen
ISBN 9783 748 147 152

Tannengrün, Lichterglanz und Katzenschwanz
ISBN 9783 749 498 314

Mord in unserer kleinen Kurstadt?
Tod in der Kältekammer
ISBN 9783 752 898 897

Oma in Jeans
ISBN 9783 751 901 642

Neues aus der Katzenallee und anderswo
ISBN 9783 751 959 391

Zuhause im Katzencafé
ISBN 9783 752 612 202

Lieber Jonny
ISBN 9783 752 683 516

Cats & Crime 1
ISBN 9783 753 444 758

O Nadelbaum
ISBN 9783 754 347 485

Augen zu und durch…
ISBN 9783 755 714 637

Tiger findet ein Zuhause
ISBN 9783 756 216 888

Herzklopfen inklusive - 28 Liebesgeschichten
ISBN 9783 756 838 158

Als die Welt den Atem anhielt
Brigitta Rudolf und Susi Menzel
ISBN 9783 756 801 305

Weihnacht mit Miez und Bello
ISBN 9783 756 855 032

Cats & Crime 2
ISBN 9783 750 413 214

Die Nacht, als das Sandmännchen schlief
ISBN 9783 758 366 703

Spatzenbescherung
ISBN 9783 758 300 226

Mühlengeheimnisse
ISBN 9783 758 367 366

Aus der Feder geflossen
ISBN 9783 758 366 703

Alles fing mit einem Kater an
ISBN 9783 759 758 248